Colombe Schneck
The Paris Trilogy
自由泳的温柔

〔法〕科隆布·施内克 / 著
樊艳梅 / 译

南海出版公司

新经典文化股份有限公司
www.readinglife.com
出　品

目 录
Contents

作者序

我的童年是一个乌托邦。那时的我不是女孩，我没有女孩的身体，我就是我，科隆布：暴躁，果断，固执，暴力，粗鲁，坦率，笨拙，偷窃，撒谎，虐待洋娃娃还给它们编故事，不好好学习，除了让自己感兴趣的课程。我学跳舞，憧憬能成为首席芭蕾舞者。我学骑马，憧憬能成为马术比赛冠军。我奋力奔跑，我全速滑雪。体育课上，我头晕目眩，爬不上绳子。我整天看书。我喜欢童话故事，喜欢刻薄的老斯佳丽·奥哈拉，喜欢赛车手米歇尔·瓦扬和史前人拉汉的漫画。我穿 Liberty 的裙子和牛仔连体裤。我想了解关于爱情的一切，我爱上了我的老师。我想了解性，但不要太早，我想结婚生子，但不是马上。我想一个人慢慢地找寻自己的位置，成为真正的自己。我是一个雄心勃勃的年轻人，想要获得最耀眼的学位，想要自己选择、决定的权利。但我的身体，一点一点地，背叛了我。这样的头发，这样的乳房——太大了。还有月经。我暗自决定这一切都与我无关，我任由鲜血流出，任由它染红我的内裤、我的衣服。

　　十七岁那一年，我发现自己怀孕了。简直不敢相信。我怒不可遏：我的身体让我失望。这与过去别人教给我的东西不同，我没有受过这方面的警告。我成长于二十世纪七八十年代的巴黎，属于知识分子布尔乔亚阶级，在那里，男孩和女孩没什么不同，但是，砰①！我有了女孩的身体，有了子宫——我怀孕了，太气人了。社会欺骗了我。我此前一直相信学校教给我的东西，人称代词 il② 是中性的，哪怕男

---

① 文中仿宋字体对应原文的斜体。若无特殊说明为译者注，此处为编者注。
② 阳性人称代词，也可用作无人称代词。

性比女性优越，我也属于 il 指代的群体，我们所有人都属于 il 这个模糊的群体。事实却并不如此，一切都是谎言，我是一个女孩，我属于 elle①，甚至连 elle 都不是，我必须抹除自己。那个拥有男性身体的男孩可以尽情做爱，完全没有怀孕的风险，也没有任何其他的风险。但是我——我却必须小心翼翼。我的父亲对我说（但在此之前他给我的印象截然不同，他一直都喜欢我的野心、我的坏脾气、我的任性）："你是一个女孩，你必须小心自己的身体，它很脆弱。"我是一个女孩，但是，直到十七岁，我才发现这一事实。我为此感到羞耻；我蜷缩身体，藏起过于丰满的乳房、过于性感的身形。我觉得羞耻，我不堪一击。我做了堕胎手术，得经历三十五年，读过安妮·埃尔诺的《事件》，我才能讲述这件事。

因为，这个如此脆弱的身体削弱了我，怀孕，它不是中性的，怀孕，这种奇怪的身体反应，怀孕，它无法做我想让它做的事，怀孕，它强加给我一种我完全不喜欢的存在状态，怀孕，我决定放任这个

---

① 阴性人称代词。

身体，这个无能的、平庸的身体，完全专注于精神世界。

但是我的精神也让我失望了：出于一些当时我不理解的原因，我收敛了自己的野心，压抑了自己的欲望，将它们隐藏起来，赋予它们一种不会吓坏任何人，也不会占据太多空间的形式。我知道自己不能说太多；我担心背叛自己。我低着头，跟在别人后面，接受了由这个与生俱来的身体决定的位置。我成了一位母亲，为他人奉献自己变成了很正常的事，我别无选择。就这样，我接受了我的身体是女性的。

我接受了我的性别身份，根据它的要求，我要生孩子、做饭、打扫屋子。我有了自己的孩子，也在他们身上获得了极大的快乐，我喜欢做一个母亲，终于我变得可爱又可亲。我觉得这样很好。其他人也似乎很开心。有时候我也会发脾气。我受到别人的批评：也许我其实一点都不可爱，也不可亲。我无法完全符合女性身体这个模子。

我仍然对自己抱有一些模糊的希望。我有话要说，我开始写书，我离婚了，孤身一人，我必须挣钱，抚养我的孩子，我需要过去残存的任性来完成这些事情。我抬起头，说出我要说的话，听到这样的回应：你真自负，你真傲慢，你以为你是谁？男人不接受这些，我不是一个好妻子，也不是一个好女友，但我发现自己是一个很好的朋友，而且非常擅长那些更加自由和开放的关系，在这种关系中，角色并不确定，也没有性别之分。

接着，五十岁那年，上游泳课时，我终于意识到，我的身体其实并不像自己想象的那样无能。在此之前，我的肢体动作一直很小、不安、紧绷。游泳的时候，我学会了舒展身体，加强力量，并合理地使用力量。我的肢体动作改善了，变得更加流畅。我看到男性身体在我身边游动，我就超过他们，我很高兴，我的乳房变小了，我的子宫停止工作了。我的身体在向我展示我是谁的同时让我完全成为我自己：不是一个女人，而是一个鲜活的存在——喜欢化妆，喜欢穿裙子和高跟鞋，喜欢做饭，喜欢无所事事，喜欢恋爱，喜欢与朋友相处，以及和他人，尤其是意见相左的人聊天。

我曾以为我是一个女人,体贴迷人,能忍受任何难题。我可以告诉你,写下这些文本改变了我。我有结实的肩膀,揍人的拳头,你别来惹我。我可以是傲慢的,我不在乎;我很重要,这三篇短篇也很重要。《十七岁》《两个布尔乔亚小女孩》《自由泳的温柔》共同讲述了我身体的学习生涯:这是我鲜活的身体,这是我鲜活的精神,它属于一个独一无二、不断变化的人,名为科隆布·施内克。

十七岁

献给安妮·埃尔诺

"在你的高中文件夹里，

有你的梦想和秘密，

以及所有你从未说出的词语……"

《薄荷苏打水》，伊夫·西蒙[①]

① 伊夫·西蒙（Yves Simon，1944—　），法国歌手、诗人、作家。《薄荷苏打水》是他为同名电影所作的歌曲。

无论是我的家人还是我最亲近的朋友都不知道1984年春天在我身上发生的事。羞耻、窘迫、悲伤……我从未讲述过自己如何意外地闯入了成人的世界。

去年，在《人道报》的一次采访中，安妮·埃尔诺提到"一种巨大的孤独包围着堕胎的女性"。

这种孤独，她在 1964 年经历过。当时她二十三岁。在那个年代，堕胎还是一种会受到法律制裁的罪行。她说她在图书馆里寻找女主人公想要堕胎的书。她希望能够在文学中找到一种友好的声音，但是她什么都没找到。在小说中，女主人公怀孕了，然后不怀了，这两种状态之间的切换始终被略去。图书馆里与"堕胎"相关的资料卡上只包含科普期刊或法律期刊，而它们总是从犯罪的角度来论述这个话题。

她愈发感到自己被掷入了孤独中，被带回到她所属的社会处境中。非法堕胎及它给身体与精神带来的暴行，在当时还只是坊间流言的话题。

如今，虽然堕胎已经合法化，但是它始终处于文学的边缘。

2000 年，安妮·埃尔诺出版了小说《事件》，讲述了《韦伊法》[①]颁布前发生的一次非法堕胎，这本书并没有激起多少反响。这个故事令人不安。一位男记者狠狠地抨击了她："您的书让我觉得恶心。"

堕胎，并不是一个美好的文学主题。

这是一场战争，在生与死之间穿越羞耻、屈辱和悔恨。

不，这不是一个美好的主题。

我听到了安妮·埃尔诺。她关于沉默与窘迫的讲述，那时，"女性还什么都没争取到"，而"年轻的女孩却不够积极"。

而在欧洲，关于自愿终止妊娠的立法被一再质疑，与此同时，大家在继续谈论堕胎的普遍化，甚至还创造了舒适堕胎的理念，所以，我要讲一讲这

---

① 《韦伊法》颁布于 1975 年 1 月 17 日，它赋予了法国女性自愿终止妊娠的权利，且无须出具任何证明，这条法律的颁布也让堕胎不再是一项罪行。——编者注

一"事件"曾经对我所具有的意义,以及现在仍对我具有的意义。

既不普通,也不舒适。

我别无选择,我必须要讲述 1984 年春天发生的事。

我十七岁，我有一个情人。我并不爱他，但是我有一个情人。我哼着歌穿过圣米歇尔大街，我十七岁，我有一个情人，我很快活。我和妈妈不同，我不觉得孤独。我就是我，一个和自己并不爱的男孩睡觉的女孩。我十七岁，我有一个情人。不是什么男朋友，不是什么恋人，不是青春期少女的情思萌动，而是情人，是女人的情爱。

　　我是一个自由的女孩。

那是 1984 年，当时执政的是左派。死刑已废除，音乐节已创立，CD 品质有了保证，不易折断。总理只有三十八岁。艾滋病对于我而言是一种可怕但遥远的疾病，女性主义革命基本已经结束。大家在电视上观看 *Apostrophes*[①]、*Droit de réponse*[②] 以及克洛德－让·菲利普的电影俱乐部节目。终于，我们所有人都变得既聪明又摩登。

而现在，那个我曾经生活过的世界，那些我曾经以为不可摧毁的一切，都已不复存在。安逸，父母，支持，乐观主义，对权力以及代表权力的男男女女的信任——这一切都已消失殆尽。

---

① 本意为"诘问"，是法国一档非常受欢迎的文化节目。
② 本意为"辩驳权"，是一档辩论节目。

我的情人是我同班的一个男孩。他叫樊尚，是刚转来的新生，住在塞纳河右岸。他是一个戴着玳瑁架眼镜的大个子男孩。他很可爱，有一辆滑板车。我并不爱他，但挺喜欢他。

　　我选择了他。当时，我主导了一切。我选择，决定，明确。一切是如此简单。我没有征询父母的同意就去他家过夜、度周末。

　　我不害怕，我在文学作品中看过那么多情色场景，迫不及待地想要发现文字中那些让我痴迷的动作和感受。会不会和书里写的一样撩人、绚烂、刺激？《埃马纽埃尔》这本小说我读了一遍又一遍。"她一开始有点抗拒，但其实是为了一点点品尝这放纵的快乐……男人的手没有动。它很轻盈，压在阴蒂上……埃马纽埃尔的手臂、赤裸的腹部、喉咙产生了一种奇怪的兴奋感。从未有过的眩晕让她沉醉。"[1] 会不会和这一样美妙?

当时我们对他人身体还没有许多经验,我们没有躺在从巴黎飞往曼谷的飞机头等舱座椅上,藏在空姐的视线之外,我没有穿尼龙长筒袜、丝织内衣,那只手也不是陌生男人的手,而是同班同学的手,我们躺在一个十七岁男孩窄小的床上,在一个还保留着不少童年痕迹的房间里:世界地图、史努比海报、格子花呢被子。我一心渴望着那件事,他也一样。

我没有和他说这是我的第一次,我不想让他因此退缩,或者变得小心翼翼,我也不想让他觉得我笨拙、腼腆。他不过是我希望变得很长的一份名单上的第一个人而已。我编造了一个年纪更大的男人的故事,飞机上的一个陌生人,一个不太会讲法语

---

[1] 《埃马纽埃尔》(*Emmanuelle*) 是法国作家马拉亚·比比德 (Marayat Bibidh, 1932—2005) 于 1959 年出版的一部情色小说。当时作家用的笔名是埃马纽埃尔·阿尔桑 (Emmanuelle Arsan)。这部小说有一个情节是女主人公在从巴黎飞往曼谷的飞机上与陌生男性发生了亲密关系,正是此处提到的情节。

的美国人。

我们很快就学会了相互爱抚，就像在从巴黎飞往曼谷的飞机里。只是没有了皮革味。我们准备再来一次，我们永远不会觉得疲倦。他的肌肤柔软又坚硬。这实在太美妙了。

我很快乐，我摆脱了我的童贞，我仿佛活在小说里，我有一种更加自由的感觉。这仅仅只是一个开始。我已经准备好拥抱全世界。

第二天，一起过夜后的第一个早晨，樊尚的母亲为她儿子的新女友以及他准备了早餐。

我们生活在这一方世界里，在那里，父母会欣然接受一个男孩和一个女孩睡在一起。

那个春天，一个周五的晚上，我坐在客厅的沙发上，爸爸妈妈坐在我两侧。我们在聊天，突然，我问他们：

"你们朋友中有没有妇科医生？"

他们是医生，是左派，他们也生活在左岸，他们开明、迷人、富有教养。这个问题在他们看来很自然。他们很高兴自己的女儿能这样问他们。他们把这次谈话看得很重要。他们要把女儿的身体、性、乳房、生殖器托付给谁呢？

他们坐在宽大的皮沙发上，在明亮、宽敞、温馨的圆形客厅里，细细考量着。

我的母亲特别喜欢突尼斯籍妇科医生。她的妇科医生是卢西安·布卡拉，一般都喊他卢卢，他也是她的一位朋友。二十世纪八十年代的巴黎左岸，就是这么一回事。

我的母亲确信，最好的妇科医生当数突尼斯医生。但这并不是全部：重要的是他们中的大部分人都有蓝眼睛。在她看来，这是一种标志，一种表明他们职业能力的证据。

我不同意。我不想要去找卢卢或者说布卡拉医生，因为我是他接生的，而且他还常常来家里吃饭。

"我可不想在卢卢面前脱光衣服，你们是疯了吗？"

我的父亲有了另一个主意。他建议我去看 L 医生。也是一个突尼斯人，所以妈妈也会满意。爸爸认识他，他是一位认真而温柔的医生，他的诊所位于大学街。

听起来不错，于是我约了门诊。我一个人去了那里。反正我也不需要付钱。我的父母是医生，医生之间默认不需要谈钱，我就是在这种潜规则中长大的。对于我而言，这种免费的诊疗意味着很多东西，尽管好好利用就是了。我是一个无知的人。

第一次检查时，我不记得当时自己是否害怕、是否疼痛。我信心满满，确信一切都是最好的安排，一切都会妥善解决。

L 医生亲切而细心，他和我聊了很久。他在一张纸上用毡笔画了几幅画，对我解释说我很容易怀孕。目前，在避孕药发挥作用之前，我的男友和我必须特别小心。尤其是，我每天都必须服药。

我感觉是在上自然科学课，觉得有点无聊。我没有全部听进去。很简单，我想吃避孕药，我需要一份处方。我一身轻松地离开了。一切都如此简单。

我在准备高中毕业会考，我穿阿尼亚斯贝 [①] 的蓝白条纹 T 恤，我和一个男孩睡觉，我吃避孕药。我没有什么烦恼。

历史上那些十七岁的女孩是否也像我这样自由？

自我识字以后，就可以读一些禁书。爸妈对此总是后知后觉。

我很清楚自己喜欢和不喜欢哪些东西。

我不喜欢的是：帕特里斯·德·普兰凯在《费加罗杂志》上发表的社论、化浓妆、染发的女孩。我喜欢的是：别人不把任何规则、任何品味强加于我。

---

① 阿尼亚斯贝（agnès b.），法国时装品牌。

看完了两卷本的《埃马纽埃尔》，我又同样贪婪地看完了《O 的故事》[①]和《蓝色自行车》[②]，再接着又看教女孩如何亲吻男孩的杂志《十五岁》，以及亨利·廷克在《世界报》上发表的评论宗教现状的文章。

我无忧无虑。第一周，每天晚上我都记得吃避孕药。之后，我偶尔会忘记。它让我觉得没那么好玩了，不再是一个新玩意儿，不再是一个了不得的东西，而是一种约束。我讨厌约束。

我发现了《追忆似水年华》，于是其他一切都变得不再重要。一切的一切，当然，性除外。我和樊尚一起，探索彼此的身体，耳垂、鼻梁、脚踝、膝盖背面柔软的皮肤……沿着大腿、臀部的褶皱向上，等待，哀求。

[①] 法国作家安娜·塞西尔·德克洛（Anne Cécile Desclos，1907—1998）于 1954 年出版的一部虐恋小说。
[②] 法国作家雷吉娜·德福尔热（Régine Deforges，1935—2014）于 1981 年出版的一部以二战为背景的爱情小说。

六月就要到了，马上就是高中毕业会考。

我所在的高中，会考通过率为99%。会考几乎就是个形式。一整年，老师们都在提高学生的对话能力、想象力和创造力。1968年的五月风暴才结束没多久。难道不应该取消这种反动的考试吗？还有分数，评级，测试？这一切有意义吗？教学组想尽办法让我们保持自信，希望我们能学会"利用自己的长处与短处"。我们的老师都是左派。他们也穿阿尼亚斯贝的衣服。这很方便，因为学校对面就有一家品牌店。

我所在的学校是阿尔萨斯中学①，一所具有实验

①阿尔萨斯中学（l'École Alsacienne），位于巴黎六区，是一所私立精英学校，包含幼儿园、小学、初中、高中各个阶段的教育，始建于1874年。

性的世俗学校，有百年的历史但又一直非常现代。校长是乔治·阿卡尔，他是一位教育学家、拉丁语学家，平易近人又宽厚仁慈。他了解我们每个人，我们的名字、经历、优点和缺点。是的，我们有权有缺点。我不听课，我不做作业，这都不是严重的问题。我不需要反抗某个权威，也不需要对抗什么，无论是学校还是父母。没有人要求我们服从或遵守规则，除了参与共同生活和尊重他人这两条。要做的是：找到自己的位置，行使自己的自由，意志坚定，保持好奇。我们的父母和老师曾为了这一切奋斗。我们是新时代的孩子。

我的父亲创造了一种与他相适的家庭生活。他住在都尔奈勒河堤一座建于十七世纪的私人公馆的底层。他接待朋友和情妇。他追求生活、自由的爱，排斥伴侣、无聊和习惯。周末，他回到住在恩典谷路的妻子和孩子身边。我指责他："你既想要黄油，又不想给钱，还想要卖黄油的女人的吻。"

私底下，我觉得他不无道理。我很希望我的母亲能走出她的房间，不再逃避生活。

时不时，我的父亲会把他的公寓留给我。我喜欢待在那里，我住了下来，准备中学会考，看书……我也可以招待樊尚。

我翻阅堆放在客厅桌子上的报纸。一天，我读了《世界报》特刊《文献与资料》关于经济危机的报道。另一天，我读了《解放报》冬季发行的一期期刊。社长塞尔日·朱利撰写了标题为《危机万岁》的社论。我困惑又担忧。危机？什么危机？

但这的确是事实。在我们那个街区，可以看到被称作"新穷人"的人。在学校附近，一位头发染成浅金色、发根明显的女士向我讨钱。她应该是不多久之前才去理发店染了头发，或者是去超市买了染发剂。她想让自己变得漂亮，拥有一头金发，她有时间打扮自己。那个时代已经结束了。

我隐隐感觉到我的世界可能会崩塌。

周末，我的父亲让我一个人待在家。他去默热沃①徒步。我的男朋友刚刚走，他回他的父母那里。我给自己做晚饭。涂了鱼子酱的烤面包片，全都是我喜欢的东西。

我父亲那里没有儿童房。我睡在一张软垫长凳上，上面铺着一块白色羊毛毯，还有几个摩洛哥风格的靠垫。

那个晚上，我躺在那里哭泣。那是我不熟悉的泪水。我曾觉得自己是世界上最幸福的女孩，坐在柔软而舒适的大皮沙发上，两边是爸爸妈妈，而现在我却撞上了某个坚硬的东西，某个我一无所知的

---

① 默热沃（Megève），位于法国上萨瓦省的一座小城，在阿尔卑斯山地区，是著名的滑雪胜地。

东西。

这些是崭新的眼泪。我是唯一的责任人。

我哭泣是因为，我确定，我怀孕了。而我孤单一人。

忽然之间就发生了这一切，我被逐出了"我的世界"。我进入了一个不同的世界，一个被束缚的世界，在那里，要考虑的不再是做作业、看电影、邀请或者拒绝闺蜜，而只有生与死，我的生活，我的未来，我的自由，我身体里发生的事——可能是生命，抑或什么都不是，而我是责任人。

从几个星期前开始我希望能在内裤内侧看到血？一个月，两个月？是四月还是五月？我不确定，我记不起来。

不可能，这不可能发生在我身上！我不抽烟，不喝酒，不深夜出门。我喜欢看书。我喜欢和樊尚待在床上。上课的时候我也在想这事儿，好几个周末我们两个人都待在那张窄窄的床上，面前是一张史努比海报。我只想着这件事，一心只有愉悦，这与我母亲的生活太不同了。

我觉得自己并不懂什么是悲痛。悲痛、折磨，这些都存在于我出生之前，在很久很久以前，在战争时期。那一切，早已结束了，我深信不疑。

我佩服我的母亲，她告诉我，她一直工作到我出生，生下我两周后就恢复了工作。她告诉病人们自己几周前刚刚生了孩子，他们都很吃惊。他们甚至都没发现她之前已经怀孕了。

我的母亲照料残障儿童。她告诉我们，他们，即她照顾的那些孩子，和我们，即她自己的孩子，并没有什么不同。她常常不在家是合理的。他们比我们更需要她的照顾。

我的母亲是女权主义者，她自己的母亲也一样。她们为了能够上学、工作而战斗过。对于我而言，女权主义者，没有任何意义。我不需要成为女权主义者。这能有什么用？"我的身体属于我。""男人之于女人，就像自行车之于鱼。""想生才生，时机在我。"……所有这些七十年代的口号在我看来都已过时。都已实现。我母亲战斗反抗的世界如今已经不存在了。

我还在等，我一直记不起来最后一次月经是什么时候来的，好像已经是好久之前的事了……我害怕，怀疑。我越来越害怕，我确定，我怀孕了。我决定忘记。怀孕、不做选择、不自由，这些可不是我这样的人会做的事。

我在观察，寻找一点点血迹。什么都没有。

我是女孩，不是男孩，这把我困住了。

我是受这样的教育长大的：男孩和女孩是平等的。我和我的哥哥一样自由，我的母亲和我的父亲一样自由。我以为不行使她的自由，是她自己的选择。并不是如此。她并不自由，她被困在了她的过往中。我不能自由地做爱。我怀孕了，但是我并不想如此。

一个月后我就要参加高中毕业会考。我怀孕了。我害怕。

最后，我不得不去见 L 医生。我遇到了麻烦。我这样一个无所烦忧的女孩，却必须承认自己遇到了麻烦。这让我难过。我希望自己永远都不需要抱怨什么，永远无忧无虑。搞砸了。

医生给我开了一些检查单，第二天，他打电话给我。他希望我尽快去他那里，他会安排好一切接待我。

他很难过。"这恰恰是我不希望发生在你身上的事。"我也觉得很难过。我怀孕了，但是我甚至不知道自己是什么时候怀孕的。他问我，可我没什么要和他说的。我没有什么要解释，也没什么要道歉。他看起来很沮丧，就好像这也是他的失败。

"你必须清楚地告诉我你打算怎么做。"

关于这个，我很清楚：

"我想终止妊娠。"

至于樊尚，我单刀直入，速战速决。我不想让他知道我害怕自己身上正在发生的事，害怕可能发生的变化，一个小孩，而他是孩子的爸爸。没有什么小孩，他不会做什么爸爸。我怀孕了，这是我的错。我之所以告诉他这件事，只是为了让他知情，因为我们一起度过了一些时光，因为我们在一起玩得很开心，因为我们用自己的身体探索可能性，导致了这样的结果。我不会告诉他我哭过，现在还在哭，我也不会告诉他，从此以后，我会假装自己还在那里，和他一起，玩我们的青春游戏，但实际上我已经跌入了一个更为沉重的世界。

我没有任何疑问。没有任何犹豫。没有什么孩子要出生。我们是高中生，我们要参加会考，注册大学，过十八岁的生日，去度假，回来后，我们要构筑我们的成年生活。

他听我说话，一言不发。要不留下它？我甚至不给他向我提出这个问题的时间。

留下它，就意味着放弃。我要去巴黎政治学院，要成为《世界报》的记者，主持"晚间八点新闻"，在电台上发表我的观点，阅读禁书，尽可能晚地结婚生子。

我只有一个心愿，就是继续像以前那样生活，那时我不会独自一人在床上哭泣，那时我唯一真正的苦恼只关乎母亲的沉默和悲伤，她在战争中度过的童年时光，一个人待在修道院，寒冷，抛弃。曾经的我，只有属于少女的小小烦恼以及自由自在且充满野心的梦想。

生平第一次，出现了一种沉重的东西，使我看到的一切都变窄了。

我以与几个月前相同的从容把这一消息告诉了爸妈。但是我感觉那仿佛是好久之前的事了，在客厅宽大的棕色皮沙发上，坐在他们俩中间，向他们咨询关于自己最初的性生活的建议。但这一次，从容不过是装出来的。

爸爸妈妈没有批评我，没有提高说话的声调，没有说任何责怪我的话。这并不是一个他们愿意听到的消息，他们更希望我能和他们讲讲学校的成绩，讲讲让他们开心的小女孩的经历。

我依然能看到八岁的自己坐在一张马塞尔·布劳耶①设计的骆驼牌皮质扶手椅上，对面是爸爸的办

---

① 马塞尔·布劳耶（Marcel Breuer, 1902—1981），美国建筑设计师。

公室，一块朴实的厚玻璃板挡在前面。我现在还可以准确地描述爸爸当时惊讶的目光，因为我告诉他我正在写一部拿破仑传记。当然，我其实是在复述一本讲述了他的科西嘉岛童年生活的书。

而现在，我十七岁，怀孕了，和许多其他女孩一样，和 1964 年还是伊沃特[①]一个小商贩女儿的安妮·埃尔诺一样，和 1972 年在博比尼被审判的女孩玛丽 - 克莱尔[②]一样。我被自己身为女孩的境况困住了，我不再是那个写拿破仑传记、在十一岁的夏天连读五遍劳伦·白考尔[③]自传——她当时生活在巴黎六区——来逃离的女孩了。

我是一个普通的女孩。

[①] 伊沃特（Yvetot），位于法国诺曼底大区塞纳滨海省的小城。

[②] 参看后文。

[③] 劳伦·白考尔（Lauren Bacall，1924—2014），美国演员，代表作有《东方快车谋杀案》《狗镇》等。

爸爸邀请我和樊尚去丁香园吃午饭。他每周会在这家小餐厅吃三次午饭，餐厅正好在去学校的路上。

我爸爸是这样的男人：热情好客，善于提建议，乐于助人，富有魅力，慷慨大方，幽默风趣。

他平时穿旧旧的玫瑰色套头毛衣，红棕色或淡卡其色长裤，在 Arnys[1] 定制的无领衬衫，身上散发出卡朗[2]男士薰衣草淡香水的好闻味道。他秃顶，个子不高，留着小胡子，戴金属架圆框眼镜。我的爸爸为人非常宽厚，非常受人喜欢。他对自己的孩子们说："父母亏欠孩子一切。孩子不亏欠父母任何东

---

①Arnys，法国著名的高级绅装定制工坊。

② 卡朗（Caron），法国香水品牌。

西。"他邀请年轻的同事在丁香园吃饭，给他们建议、支持。面对别人的以及我的梦想，他都非常热情。在他看来，我充满一切可能，可以成为舞蹈家、部长、记者、骑士、诱惑者、阅读者。

菜单我记得滚瓜烂熟。奶油蘑菇，英式水煮黑线鳕，巧克力蛋糕。我告诉了他我最新的一个梦想。在 Apostrophes 节目上听妮可－丽丝·伯恩海姆[①] 讲述她的旅行生活后，我立志要成为《世界报》驻纽约的特派记者。他表示赞同。

他常常这么说："我们不要谈论让人不快的事。"

那一天，他别无选择。我们谈的是堕胎。没有道德说教，也没有指责。他只是和我们说，这件事会让以后的生活变得艰难。我没有认真听，我不想知道这事很严重。在当时那样的生活中，问题来得快去得也快。

我希望说服自己，只需要用白漆把这个裂缝修补好，它就会消失不见。

我没有把这件事告诉我的朋友们，哪怕我从幼

---

① 妮可－丽丝·伯恩海姆（Nicole-Lise Bernheim，1941—2003），法国作家，女性主义记者，常与《世界报》等报刊有合作。

儿园开始就认识他们了。

有一种羞耻的感觉，一种做了蠢事的感觉。

有人指责我过于随便。他们说得对。最尖刻的批评往往是最正确的。

1974 年，西蒙娜·韦伊[1]在国民议会作报告时这样说道：哪怕采取了避孕措施，也可能发生意外。避孕药，我吃了，但是我没有很认真，我没有特别注意。我是否有权利给自己一个借口，这是一个意外？

曾经我是多么地无忧无虑。我有一个女人的身体，一切都是崭新的，我并不知道这个身体限制了行为、动作、自由，施加了一些规则。它根本不完全属于我，它可能会变成另一个人的身体。我感觉自己被它背叛了。它剥夺了我的自由。

我怀着孩子参加了高中毕业会考。没有人知道

---

[1] 西蒙娜·韦伊（Simone Veil，1927—2017），法国政治人物，曾任法国卫生部长及欧洲议会议长。

这件事。甚至连我自己，都以为已经忘记了这件事。

我乘坐开往位于阿尔克伊①考点的区域快铁。在皇家港口车站的站台上，我看着其他人。他们和我年龄相仿，也是要去参加这场考试，他们很紧张，有些人发出神经质的笑声，抽烟，烦躁不安。而我，并不这样。

但是，我和他们一样。一个青春期少女，一直沉迷于阅读，不抽烟，也不喝酒，早早睡觉，吃水果蔬菜，为朋友烤比萨、做巧克力蛋糕，穿阿尼亚斯贝的 T 恤，搭配按扣羊毛开衫；这样一个青春期少女，她不觉得有何必要反抗自己的父母，还会觉得反抗是无理由的，因为她没有经历过战争。我不想父母为我担心，我不想给他们增添麻烦，也不想对他们抱怨，我希望自己永远纯洁、完美、快乐。

今天，一切都搞砸了。

---

① 阿尔克伊（Arcueil），位于巴黎西北的一座市镇。

爸爸和樊尚陪我去了诊所，他把我们俩留在了大门口。没人说话。无论是我们俩，还是护士、麻醉师或 L 医生。没人责备我，没人用怀疑的表情看我。

这不是一个道德问题。

我认真地观察每一个人，但看不出什么。医生、护士、麻醉师、护理助理，所有人面无表情，注意力高度集中，对手术的对象无动于衷。我即将要面对的事很普通，只是一次简单的刮宫术，没什么要特别说明。我孤单一人。

关于那一天我几乎没有任何记忆。诊所，我很熟悉，爸爸每周都会去那里出诊几次。他们问我是不是施内克医生的女儿。我回答说是。我觉得他们是在给我麻醉。我在一间病房里醒来。没有人给我送花，送巧克力，什么都没有。没有人给我安慰。我在这里是因为自己的错，是我自己不小心。

只有我的爸爸和妈妈才知道我在哪里。

我没有任何感觉。我始终没有什么感觉。一点点疲惫，肚子有点痛。没什么大不了的。

妈妈没有来诊所。那天发生的事，我们俩将永远不会说起。无论是之前，还是之后。

哪怕是现在，我和姐姐说起当时妈妈试图和我们谈论月经的场景还是会笑。那时我们十几岁，她躲在厨房门口，语气急促地问我们：

"啊，姑娘们，你们知道什么是月经吗？"

我们大笑起来。

当然知道，我们在学校里学过。

她松了一口气，关上门。我们的性教育就此结束。

三十年后，在里昂国际小说节上，我母亲的弟弟皮埃尔·帕谢朗读了他最新随笔集《无爱》中的一个片段。这本书描绘了放弃爱情的女性形象。那个片段讲述的是我母亲的故事，只不过她的名字埃莱娜变成了伊莱娜。

它讲述了 1943 年冬天，十一岁半的伊莱娜，藏身于一座修道院里，发现了内裤上有个褐色的斑点。鲜血从她两条大腿中间流下来，她不知道这是怎么回事。"我想象着伊莱娜会有的担忧，面对这一褐色血渍时的痛苦和惊讶——是粪便吗？不，应该是血（是里面受伤了？是生病了？是做错事的后果吗？难道是一种罪恶的早熟？）。"

她被这么多事吓坏了——死亡、鲜血、卫生条件欠缺、寒冷。她可以向谁诉说自己的恐惧？一直到她去世，她都处于这种无依无靠的状态。那一幕，她只对一个密友说过，不久之后，那位朋友把这一切告诉了我母亲的弟弟。

我听着这一切，一个十一岁半的犹太小女孩，躲在那座修道院里，孤单一人，因为不知道从何而来的血而想到了死亡，她太害怕了。一切都混在了一起，必须隐瞒自己身份的压力，再也见不到父母的焦虑，以及此刻，这项对自己身体的发现。

"有什么东西与这个世界或者她自身脱节了。"我的舅舅接着写道。

晚上，爸爸留在诊所里。他扶我起来。我们回了家。我妈妈的那个家。

她的女儿，一个高中生，刚刚堕胎。回家后她会和我说什么？记忆中，她什么都没说。她没有问我手术是否顺利。堕胎后一般不会问这样的问题。她没有问我是否悲伤、安心、疲惫，我是否哭了。她没有问这些问题。

和往常一样，我洗了澡就去睡了。

第二天，我发烧了，肚子痛。我呻吟着，抱怨着，我没法去参加庆祝会考结束和毕业的晚会。

我什么都没有对朋友们说，虽然他们与我同龄，我喜欢他们，通常什么都会和他们说。我不敢。我没有用"坦白"这个词，因为我并没有犯错，不需要坦白，不，我不想要与人分享我的痛楚。他们不会明白的，我觉得他们天真无知。

当时，我什么都没说，之后依然如此，我永远都不会对谁说起这件事。有时，我感觉自己就要说出那个词，就要和一位密友谈论"堕胎"了。忽而又改变了主意。为什么会这样沉默？为什么女人们自己一言不发？

我觉得羞耻。

也许堕胎这件事包含着什么肮脏的东西？但是我没有受到任何指责，无论是我的父母，还是樊尚，他本可以指责我太不小心，竟然忘记吃避孕药，然而，我身上留下了某种污点，是由鲜血、粪便和扔在棺材上的泥土组成的东西。所以我保持沉默。

只有一次，我对一个长我十岁的女人谈起了这个污点，当时我三十二岁。

她名字叫作克莱尔·帕尔内。她是我遇到过的最聪明、最美丽、最知性的女人。我有点爱上了她。我告诉了她两个从未与任何人分享过的秘密。我的祖父被切成块扔进盒子里。我堕过胎。

爸爸骂了我。他上一次对我发脾气还是我六岁的时候。一年级第一天晚上，他给我看字母 A 和 B。我假装自己什么都不懂，不认识这两个字母，也不懂它们之间的关联。我是在试探他。他究竟有多爱我？如果我是一个笨笨的小女孩，他还会爱我吗？

他生气极了，扇了我一巴掌，他生平唯一一次。

他无数次对我说，孩子，他很后悔，他怎么能那么做呢，怎么能扇我巴掌……而我，这一切让我觉得好笑。

爸爸对我的爱是永不消减的。

现在，我很清楚为什么他会对我吼叫，让我停止抱怨。

并不是因为我有多想去参加晚会，也并不是因为这不合理，而是因为我基本已经是个成年人了，做事情却不考虑后果。他给我介绍了一位妇科医生，给我开了避孕药，我可以去男朋友家过夜，我想要的都得到了，而我还要抱怨？他永远都不会说出这一事实，但是我知道他和我的母亲，在我这个年纪，什么都没有，没有权利做任何事，尤其是没有权利有性行为。

六月的一个傍晚，爸爸以他一贯温柔、慷慨、平静的方式，邀请我和樊尚去勒波拿巴特咖啡馆，在露台上喝一杯。

　　不可以谈论让人不快的事，他不喜欢这样，他克制自己，他应该仔细考虑过要和我们说些什么。他想帮助我们成长，成为有责任心的大人。他知道自己时日不多了，他有心脏病，身体虚弱，他四十二岁的时候身体遭遇了第一次危机，他不可能一直在这里补救，保护我免受大家所说的那些轻率或随便行为的伤害。他对我们说，不可以像他那样，应该关心自己，堕胎并不是一种过错，但和任何意外事故一样，这是一种我们在生活中应该避免的东西，一种对我们没有任何好处的东西。

我并不很相信他的话。我确定，这一切对于我而言很容易，但对于七十年代的女斗士们而言，对于支持自愿终止妊娠法案的西蒙娜·韦伊而言，这一切曾经很艰难、很残酷。

我了解《韦伊法》，它才颁布不久，刚好十年。我记得当时的辩论、辱骂、谴责。西蒙娜·韦伊想要发动一场新的圣巴托罗缪大屠杀[1]，与野蛮人为伍，堕胎还被与对犹太人的大屠杀相提并论……

我记得，听到一位议员在国民议会的发言席上辱骂西蒙娜·韦伊，爸爸妈妈十分愤怒。我知道这个人是阿尔贝·利奥吉耶[2]，第二天他道了歉。

我记得西蒙娜·韦伊那张用手捂着脸的照片，也记得大家对这位哭泣的女人所作的激动评论。

不久之后，她在一次采访中澄清说她并不是在哭，她只是太累了，当时是凌晨三点，她已经激战了两天，一点都没有睡觉。她不是一个会哭泣的脆

---

[1] 法国天主教暴徒对国内新教徒雨格诺派的恐怖暴行，开始于1572年8月24日，持续了好几个月。
[2] 阿尔贝·利奥吉耶（Albert Liogier，1910—1989），法国政治家，曾担任法国国民议会文化、家庭、社会事务委员会副委员长，强烈反对《韦伊法》。

弱的女人。她是一名女战士。

我感激她能坚持到底。我觉得不自在，窘迫不安，因为我逃过了十年前她在国民议会上所说的困境。对于她而言，堕胎应该始终是一种例外，无路可走时最后的解决办法。

我并不处于一种无路可走的境地。我可以生下自己不爱的男孩的孩子，我的父母会帮助我，他的父母也会。

2014 年，最初的法案提到的"困境"这一概念被删除了。弗朗索瓦·菲永① 对此十分愤慨，觉得这可能会导致堕胎变得稀松平常。

我由此想到了，弗朗索瓦·菲永，这具身体，我的身体，其他女人的身体，并不是您的身体。在这具身体内发生的一切与您无关。您没有任何的道德权、任何的审判权。

西蒙娜·韦伊说：堕胎一直以来都是一场悲剧，并将永远是一场悲剧。

我天真地相信她，但是对于我而言这不是悲剧。

---

① 弗朗索瓦·菲永（François Fillon，1954—   ），法国政治家，曾任法国劳动部长、高等教育和科研部长、法国总理。

我觉得一切都已结束，我不会再想起这件事。是的，我的情况应该被归于这一类，即"便利"堕胎，在法案辩论时被批判得最厉害的那种情况。一种普通的、简单的堕胎，即做即忘。我的妈妈没有对她进行堕胎的十七岁女儿说任何话。不久前发生的这一切也许一点都不重要。我把它埋藏在同样的沉默中。

四十年后，一个女人向我坦白了心事。她十七岁的时候堕过胎，只能以秘密的方式进行，那是1966年。正是我出生的那一年。

　　忽然，我既是这个女人，也是这个孩子。这一点就像一把剪刀，剖开了我的肚子。

　　1984年，我马上要十八岁，我当时还不知道，三十年后，我会和这个女人一样。

　　我十八岁，刚刚堕胎，我甚至不知道自己已经怀孕几周了。医生是否给我做了超声检查以确定怀孕天数？肯定有做，但是我不记得了。

　　当时是否已经超过了十周？这意味着心理和身体上的风险会变大。也许吧。我完全不清楚。

　　我当时尚未成年，是否必须征得父母的同意？

不，肯定不用。很久以来我都习惯做自己想做的事，我可以自由自在地整夜看书，去男孩家过夜。我从未为任何事征得他们的同意。

是否有人按法律规定告知我风险？我想没有。

是否有人让我用一周的时间考虑清楚再做决定？不，我还有其他要操心的事，我要参加中学毕业会考。

我是否有权利接受一种类似于道德说教的诊疗？某个医生可能会发表一通长篇大论，强调这并不是一种稀松平常的行为，而是一个极其重要的决定，如果没有仔细考虑后果就不能做出这样的决定，最好应当不惜一切加以避免。

六月的那一天，在勒波拿巴特的露台上，阳光是金色的，空气中弥漫着茉莉花香。樊尚和我，我们俩乖乖地坐在我爸爸的对面。这是一个五十多岁的男人，和埃利克·奥森纳①很像，穿着无领衬衫，围着印度风格的丝巾，慢慢地和两个穿着牛仔裤和配套 T 恤的青少年讲话。旁边桌子上的客人可能很难想象我们的谈话多么严肃。

这个男人在说话，但女孩并不真的在听，听他说这事很严重，绝对不要以为能安然无恙地全身而退。

女孩想要思考别的事。她想象着自己和另一个

---

① 埃利克·奥森纳（Erik Orsenna，1947—   ），法国作家、法兰西学术院院士。

自己暗恋的男孩，她好友的哥哥在一起。如果是他，她是否会留下这个孩子？她觉得会，过了五分钟，她又觉得不会，不能马上要孩子，未来，她还有太多的事要去做，太多的生活要去体验。

我始终都相信这一点：我运气挺好，简直太好了。我没有早出生十年，我不是玛丽－克莱尔，我的妈妈不在邮局工作，我没有因为秘密堕胎被博比尼轻罪法庭提起诉讼，我不需要面对六个月至两年的牢狱之灾。1971 年，玛丽－克莱尔堕胎的时候也是十七岁。她被同龄的男孩强暴，那个家伙和她在同一高中，年纪轻轻就犯过事。她不敢揭发他。她是穷人。在 1971 年，堕胎对于穷人而言意味着坐牢，对于富人而言则是去英国做手术。

多亏了几位女同事，玛丽－克莱尔的母亲才找到一个懂得放置探条的女人。她前后三次试图把探条放入玛丽－克莱尔的阴道里去。但是三次都失败了，导致女孩大出血。强暴她的男孩因为盗窃汽车被逮捕。为了获得自由，他揭发了玛丽－克莱尔怀孕又堕胎的事，她被警察逮捕，连同她的母亲、没有成功放置探条的女人以及帮她们牵线搭桥的女同事们。一共有五个女人被控告。

她们的律师吉塞勒·哈利米事先告诉她们说："你们必须特别勇敢，特别坚定。"

玛丽－克莱尔最终被免于起诉，法官认为她承受着"道德、社会、家庭方面的种种压力，她无法与之抗衡"。她的母亲被判缴纳五百法郎的罚金。

正是这场诉讼——它的不公正，它的暴力，使得两年后对《韦伊法》进行投票①。

我觉得自己运气很好，至少这一次，的确如此。

那天，在勒波拿巴特咖啡馆，我似乎已经忘记了几个星期前的焦虑。然而就是我，孤单一人躺在床上，每个晚上都在哭，因为发生在她身上的事并不是她渴望的生活。

樊尚呢，他什么都没说。在我的记忆中，他友善、关心他人，他想要帮助我。但是我真的向他征求过意见吗？不。他没什么意见要说，做决定的是我。我觉得他并不知道发生了什么事，也不可能知道发生了什么事，这一切与他的关系是间接的。当

---

① 国民议会投票通过后，才算通过法案。——编者注

然，他是这种境况的肇事者，他也对避孕丝毫不操心，但我并不怨恨他。我们两个都尚处青春期。我们有其他要考虑的事。我的爸爸错了，这一切不可能很严重。

三十年后，我再一次见到了樊尚，1984 年春天的那个男孩。我们组织了一次高中聚会，庆祝毕业三十年，纪念幸福的中学时光。樊尚去了，还有我的童年好友以及中学好友。

　　他了解我父母在世时的样子，了解少不谙事的那个我，了解另一个不同的世界。我们之间缺少了一个人，到今天本该已成年。

　　现在，樊尚是个男人，是家中的父亲。

　　他是否会想起 1984 年的那个春天，想起 1985 年的那个冬天他原本会成为一位父亲？他是否觉得遗憾，有过后悔？他是否感觉局促、羞耻、悲伤？他是否与他孩子的母亲谈起过？

　　我可以问他所有这些问题，但是我没有向他走去。我觉得我们之间没有任何联结，哪怕有二十九年前那个存在过的缺席者。

我痊愈了，因为错过了毕业晚会我觉得特别生气，我做了另外的安排。樊尚邀请我去他妈妈在吕贝隆①的家。

我还是第一次听说吕贝隆，我的爸爸特别开心，他告诉我那个地方很迷人。

在里昂车站，我们跑啊跑，生怕错过去阿维尼翁的火车。我第一次无法赶上樊尚，我气喘吁吁。这是否就是爸爸所说的"代价"的开始？

在火车上，樊尚对我坦白说，对于他而言，这件事有积极的一面，它让我们更加亲密。我回答他说，是的，当然。我撒谎了。我并不觉得如此。它

---

① 吕贝隆（Luberon），位于法国南部普罗旺斯地区的度假胜地。

关系到的是我这个少女的身体。

暑假结束后，我离开了他。我一直想着好友的哥哥。而他，有一天我也会离开他。

我觉得这次堕胎已经离我远去，这段故事已经结束。我回到了自己的世界。

一个我可以自由自在地渴望、随心所欲地行动并选择的世界，但是从此以后，我明白了坠落近在咫尺。我必须十分关注自己的身体，关注自己，关注我身边的一切，关注各种事情以及可能的意外。

我知道，我可以被自己所属的那个有教养的文明世界驱逐。仅需一点点微不足道的小事。一张糟糕的 X 光照片，爸爸心脏上一个奇怪的斑点，一次糟糕的相遇……那几年，居伊·乔治①在巴黎的停车场作恶，杀死了一位朋友的表妹。我们不曾想到过的死亡就在那里，就在身边。

---

① 居伊·乔治（Guy Georges，1962— ），法国的连环杀手。

到了每个月的月末，我仍会很害怕月经不来。好几年里，八年时间里，我一直都这么害怕，直到有一天，我终于产生了一种新的感觉。我不想再来月经，我准备好要一个小孩。

事件是否会结束，故事是否已终结?

未来会出现其他男孩，父亲去世，孤独，结婚，母亲去世，两个孩子，再次孤独，其他男人。

但所有这些时刻，我都会想到他，那个我没有生下的无名的孩子。

会考结束后的那年冬天，我有了一个恋人，我爱他，我的父母喜欢这个男孩，他就读于一所高等专门学校①，是他们朋友的儿子，一切都很完美。我们一起去参加冰雪运动。

　　故事明明已经结束，突然，我又想起了它。我害怕生孩子，害怕疼痛，害怕撕裂成两半，本来这个时候他应该已经出生了……是个男孩。他哇哇大哭，我不知道该怎么做，笨手笨脚的。

　　不久之后，我依然想着这件事。缺席者再次出现。他或许有六个月大，一岁大。我还是不知道该怎么做。我离开了他的父亲。我十八岁，一个人带

---

① 即 Grande École，也称"大学校"，是法国独立于公立大学系统之外的专业型精英院校。——编者注

这个婴儿，一直住在妈妈那里。这是一个爱哭的小孩，他的妈妈不知道怎么抚育他。她没有什么耐心，并未悉心照顾他。她怨恨他，怨恨他让她不能旅行，不能认识新的朋友，不能夜以继日地阅读，不能午睡或睡懒觉，怨恨他夺走了她的无忧无虑，怨恨他的依赖，自己一离开他就哭。

我想象着这些场景，然后开始了大学生活。这些场景反复出现。我驱赶它们，转向其他事。它们还是不断地出现。

他会在远离我的一个地方长大。我并不经常想他。之后，时不时，他就会出现，满是沉默的责备。

我不听他说话。我不喜欢他打扰我，我没有时间听他说话。

我去伦敦、纽约生活。我想象自己写东西给他，但是我没有告诉他任何消息，没有写过一封信，没有打过一通电话。我能和他说什么？和他说这太难了，我独自一人，而每天都是一场战斗？我不愿意告诉他，没有他的生活是一场失败。或许，他的出生并不会那么妨碍我生活。

我的父亲去世了。我不再有人保护，我不再积极主动。我回到了巴黎，遇到了另一个男孩，他对我说，我要问你一个问题，如果你答对了，就可以拿到一个礼物。他和我的父亲一样爱幻想、慷慨大方。我们结婚了。我的丈夫想要一个孩子。我没有告诉他你的事。我也没有告诉他，一想到怀孕、生育、夜里醒着给孩子喂奶，我就很恐惧。我宁愿保持沉默。我很容易怀孕。我知道的。

　　很快我就怀孕了。我特别特别幸福。当时怀着你的恐惧消失了。我准备好了。

　　但是那一切又出现了。毫无预兆地，你敲我的门。我不愿意听。我并不觉得自己有罪，只是有点伤心。

我们一起成长。你好像与我断离了关系。我不会向你介绍你的小弟弟。一个天使宝宝，几乎从来不哭，一直都在笑，有蓝色的眼睛。我的母亲，你的外祖母，喊他"我的小亲亲"，但是她从未给你一个昵称。她从未提起过你，一次都没有。在她看来，你从未存在过。而且，你也没有名字。我从未想过要给你取个名字。

你会和我说，太迟了，是的，你说得对。三十年没有名字，你已经习惯了。

你的外祖母也去世了。没有人告诉你。我想你会因为不曾认识她而难过，为我难过。你是唯一一个曾懂得我的痛苦与孤独的人，只有你看得见那个我，一个勇敢而卑微、带着微笑的士兵，艰难地隐藏自己的伤口。而你，你是一个亡者，抑或不是一个亡者？不，你不是又一个亡者。你是一个缺席者。

我非常疼爱你的弟弟，还有你刚刚出生的妹妹。

我要和你说的很残忍。请原谅我的直白。他们是世界上最最好看、最最可爱的孩子。

我能够给予他们的永远都不够，我的爱无穷无尽、永恒不灭。为了照顾他们，夜里我曾每三四个小时就醒来，抚慰他们，给他们喂奶，我喜欢给他们换脏脏的尿布，清洗他们可爱的小屁屁，给他们买特别贵的衣服。我过去爱他们，现在也依然爱，虽然他们已经进入了青春期。你的弟弟六岁就知道所有的希腊神话，还有许许多多我不知道的事。你的妹妹呢，我把她藏了起来，我害怕有人把她从我这里抢走。放学后他们稍微迟点到家我就会特别担心。

对你，我没有害怕，没有担心，没有喜欢。我把一切都留给了他们。我甚至连曾经很长时间里怀有的那种感情都没有了，不，我并不因为忽视你而有罪恶感。只是在想到你的时候会伤心。

你得到的只是我偶尔的怀念，每年一次，冬天的时候。你只有几个星期大，我都不清楚你的出生日期。也许是 1985 年的一月，或是二月？

你为他们牺牲了自己。

当我读到安妮·埃尔诺的小说时，我明白了这一点。在《事件》中，她这样写道："如今我明白了那时我需要这样的一次考验，这样的一次牺牲，只有这样我才会想要孩子。"

我对这一切确信无疑：这是一个男孩，一个冬天的孩子，出生于三十年前，他让我自由自在，追随自己的选择，成为大学生、旅行家、恋人、妻子、母亲、读者、游客、记者、作家。

用这寥寥几句话，我终于准备好揭露你的缺席。

多亏了法律，你的缺席没有经历残酷的时刻、虐待、鲜血、恐惧、侮辱、蔑视。

这不曾是"心中的喜悦"，并不舒适，也不普通，也无关便利。我没有悲伤欲绝，也没有陷入悲剧境地，但是，现在我明白了，1984年的那个春天曾"是一段所有人的经历，一段关于生、关于死、关于时间、关于道德、关于禁忌的经历"（《事件》）。

从此我可以写下，你的缺席陪伴了我三十年。

你的缺席成就了现在我所是的这个自由的女人。

相关书目

安妮·埃尔诺,《空衣橱》,伽利玛出版社,1974。

安妮·埃尔诺,《事件》,伽利玛出版社,2000。

西蒙娜·韦伊,《男性也铭记:一项具有历史意义的法律》,附与阿尼克·科让的对谈,斯托克出版社,2004。

皮埃尔·帕谢,《无爱》,德诺埃尔出版社,2011。

两个布尔乔亚小女孩

纪念我的朋友埃马纽埃尔（1966—2018）

"只是有些人就这么消失了，

没有人再会谈起他们，或许

不久之后有人会谈起他们，那时人们

忘记他们已经死了。

死亡变成了一种不可命名之物。"

菲利普·阿利埃斯[1]，

《西方死亡史：从中世纪到现在》

"生命的最大风险之一就是

我们出生的那个家庭。"

埃马纽埃尔·法赫里[2]（1978—2020）

[1] 菲利普·阿利埃斯（Philippe Ariès, 1914—1984），法国中世纪史、社会史家，以对儿童史、家庭史和死亡观念史的研究享誉于世。
[2] 埃马纽埃尔·法赫里（Emmanuel Fahri, 1978—2020），法国经济学家，哈佛大学经济学教授。

2018. 08

整个夏天埃洛伊兹都待在巴黎，但是她没有再接受治疗。

科隆布回帕特莫斯岛[①] 待了两周，她游泳，阅读，感伤自己的恋爱，快乐地玩耍。

埃洛伊兹说话习惯单刀直入，同时盯着对方的眼睛，不带那些宽慰我们的拐弯抹角。她对科隆布说："我知道自己好不了了。"

科隆布不知道怎么回答。

埃洛伊兹继续说："我要死了。"

---

① 帕特莫斯岛（Patmos），希腊岛屿。

科隆布还是不知道自己可以说些什么。

埃洛伊兹又说："这让我太焦虑了。"

科隆布语无伦次地回答"我希望你能好起来"，但是她知道埃洛伊兹不会好起来。服务生走过来，埃洛伊兹说自己肚子饿了，想吃牡蛎，科隆布呢，她肚子不再饿了，她又一次对埃洛伊兹撒了谎，她说她来见她之前吃了一点东西，所以不饿，而不是因为她的朋友刚刚对她说的那些事。

埃洛伊兹点了餐，她笑容可掬，彬彬有礼，很快点完了餐，就好像死神并没有和她们共进晚餐。

她喝了一杯普伊－富赛红酒。她懂得区分真正的好酒和假的好酒。而科隆布，她分不清。

埃洛伊兹有知心话要对朋友倾吐，她的目光闪闪发光。

是关于她前夫的事。真的吗? 是的。他们又开始联系了，打好几个小时的电话。他们没见面? 没有，他没有勇气，但是，他们聊音乐，聊孩子，聊所有的事。她一直都爱着他，她在想他们是否可能破镜重圆。他从来没有来看望过她，能理解，他一定是害怕她的疾病，但是她没有因此讨厌他。他刚刚与女友分手。科隆布表示赞同，也许可以，值得这么做。

科隆布又觉得饿了，她吃了埃洛伊兹点的牡蛎，又问埃洛伊兹，你的恋人现在在哪里，那个在你身旁、不喜欢打电话的男人，那个你跟我说过会把你拥入怀中、好几个小时一直注视着你的男人？你说过从来没有一个男人如此温柔。他知道她生病了，而那时他们才在一起两周，他一直泰然自若、充满爱意、勇敢无畏。

他去卢尔德①祈福了，我更愿意他待在我身边。她现在这个恋人信教。科隆布大声说，卢尔德的神迹名不虚传，至于证据，她编造了一个故事，一个女人在卢尔德治好了不治之症。

埃洛伊兹和科隆布比较前夫和现在这位恋人的优点，权衡应该选谁才好。现在这位恋人，的确，他非常棒。科隆布支持他。埃洛伊兹表示同意，她的这位恋人非常棒，她一直都爱他，他为人宽厚，面对她的不治之症他从来不曾气馁。

埃洛伊兹点了一些巧克力泡芙，忽然注意到一

---

① 卢尔德（Lourdes），法国南部城市，被认为是奇迹之地，据说那里的天然圣水可治疑难症。

个男人，这家餐厅的一位常客。这是一位作家（菁英餐厅位于六区，所以有许多作家光顾）。这位作家从来没有认出过科隆布，虽然她也经常出入这家餐厅，这让她很恼火。他目不转睛地盯着埃洛伊兹，看起来是被迷住了，她脸红了。

埃洛伊兹噗嗤一声笑了，她喜欢这位陌生人，朝他笑了笑。

埃洛伊兹想要了解关于这个男人的一切。

科隆布在手机上搜索信息。

埃洛伊兹任由科隆布吃完她盘子里的巧克力泡芙，科隆布发现埃洛伊兹一点都没吃。埃洛伊兹肚子痛。她想回家。

到家后，埃洛伊兹打电话给科隆布。

科隆布发现埃洛伊兹打电话给她时一阵担心，她本应该陪她回家的。

但埃洛伊兹只是想和她聊餐厅的那个家伙。

"那个家伙真的好可爱，他叫什么名字？一位作家。他写的东西怎么样？我会不会喜欢？我还从来没有和作家约会过。你觉得我能让他喜欢吗？"

科隆布确定无疑地对她说，肯定啊，他看上去已经被你迷得神魂颠倒了，没有妄加评论让作家成为埃洛伊兹潜在男友究竟如何。

"很简单，他每天晚上都在那里，你想去的时候就可以去。"

埃洛伊兹没有再见到作家，两周后她去世了。

埃洛伊兹和科隆布在她们十一岁那一年就认识了。她们在一起时的重要话题，不是选举，不是气候变暖，不是世界的未来，而是爱情。她们并不是介入政治、参加战斗的酷女孩，她们是追寻男孩真爱的女孩。

1977

有钱人，布尔乔亚，大家以为早就了解他们了，他们像猪，大家都不喜欢。

根据某部同义词词典，布尔乔亚即狭隘，布尔乔亚即大众，布尔乔亚即因循守旧、墨守成规、自私自利、形式主义、卑劣、笨拙、平庸、普通、安于现状、俗气、乏味、狡猾、庸俗，布尔乔亚即粗俗。

布尔乔亚男人是不幸的，这是他们自己的错。

他们在那里唉声叹气，抱怨他们身为富人的种种艰辛，他们的失望，他们的饮食，他们公寓里的施工，灰尘，佣人，缆车前的排队。那么布尔乔亚女人呢？必然很狭隘，性生活不理想，皮肤过于紧致，两只脚挤在高跟鞋里，手里拿着包。那他们的孩子呢，尤其是他们的女儿？不可能会更好。

科隆布和埃洛伊兹是在初中一年级的时候认识的，她们是阿尔萨斯学校的同班同学。这是一所巴黎的私立学校，一所为自由布尔乔亚开设的学校，这是最糟糕的一群人，他们有各种各样的机会，不受规则束缚，觉得自己行事正确，因为他们属于左派，因此逃过了"布尔乔亚！"这一控诉。败类。

她们是爸爸的掌上明珠，是千金小姐，嘴里含着金勺子长大，在很长一段时间里，她们对其他事情一无所知，只知道眼睛上戴的墨镜，家庭的关系网，实习，阿尼亚斯贝的T恤，火车上的最佳座位。真希望她们会和所有人一样感到痛苦。真希望她们会被关起来。真希望她们会被羞辱、践踏。真希望她们会遭受世界上所有小女孩、青春期女孩和女人们遭受的事。不能因为她们出生在富裕的街区就有理由逃离她们注定的命运。

为什么是埃洛伊兹和科隆布，为什么不是我们？

只要看看她们的母亲就知道了，她们四十岁，但看起来只有三十岁。她们肌肤光滑，抹的是娇兰淡雅清香的乳液，精心保养的指甲，她们虽然生过孩子但肚子上没有妊娠纹。她们在孩子们的生活中俨如王后一般。出去吃晚饭之前她们会亲吻孩子们。打开她们的衣橱，木衣架上整整齐齐地挂着真丝衬衫，由其他不如她们幸运的女人按照颜色深浅整理并熨烫好。只要看看她们在冰箱里装了哪些东西就知道了：玻璃小罐子里是手工巧克力慕斯，没有任何倒胃口的致癌添加剂，专门花钱雇人手剥的细豌豆，得在冲泡之前几分钟用合适的机器研磨、味道无与伦比的咖啡豆。

只要看看埃洛伊兹和科隆布在自己的房间里看书就知道了，这个房间她们不用和任何人共享，墙壁上贴着罗兰爱思①的印花墙布，看的书她们不用还

---

① 罗兰爱思（Laura Ashley），英国著名的布艺家装品牌。小说中提到的诸多家装品牌、服饰品牌、化妆品品牌、箱包品牌等均为当时法国的布尔乔亚阶级，即中产阶级，常常购买的品牌。

到图书馆去，很安静，从来不会有邻居的叫喊声打扰，从来不会有大声播放的电视机声传进来，床上是纯色高级密织棉布的床单被套，搭配着枕头，粉白条纹的纯棉内衣，干净的地毯没有一点污渍，她们夜里起来也不会觉得脚冷，苏格兰绒家居服，红色皮拖鞋，她们收集的香水小样；周三的日程：舞蹈、马术、英文、钢琴、中文；周六的日程：绘画、戏剧、网球、游泳。暑假和寒假，有人带她们去巴黎歌剧院、法兰西喜剧院、现代艺术博物馆，但是从来不会去商业中心，至于诸圣瞻礼节和复活节这两个假期，虽然常常下雨，让人觉得百无聊赖，但是科隆布和埃洛伊兹可不这样，她们要完善滑雪的屈膝动作，纠正网球握拍方式，练习英式发音，深化对意大利文艺复兴运动的了解。她们才十一岁就已经去过意大利、西班牙、美国，不过从来没去过苏联、东欧国家，也没去过露营地。

1977 年的这个夏天，科隆布和爸爸妈妈在波克罗勒岛待了一周，这是一座地中海小岛，度假的人可以在那里骑自行车。酒店是一座用橙粉色灰泥涂抹的大房子，位于一个偏僻的角落。他们坐着一辆红色道奇到了那里，开车的是一个穿着白色制服的埃及人，常客都和他问好，与他握手，喊他的名字。艾哈迈德微笑着，优雅地开着这辆敞篷卡车，它很像那些载农场工人的卡车，只是车上放了两排舒适的皮质长椅，乘客用尽全力紧紧抓住车门，很清楚自己获得了双重特权——这是这里为数不多获准运营的汽车，只是他们还不习惯这种交通方式。道奇车开进了一条凹凸不平、铺着红色石头的小路，两边是桉树林。这座岛屿本身就是一座自然保护公园。酒店四周环绕着一个长满石松和夹竹桃的大花园，树荫下摆着笨重的摇椅，椅架漆成了白色，椅面是海蓝色布料。科隆布的房间很小，以白色调为主，一张深色木床，上面铺着白色的针织绣花被子，没有浴室也没有盥洗室，她很惊讶，爸爸评论道："这就是这个地方的迷人之处，年久失修。"他们每年夏天都会去那里，她的母亲从一月份开始就联系，希望能够预订两个房间，但还是需要排队等候。某一年冬天，房东决定翻修房子，把它改造成一座更加普通的粉色酒店。这不再符合他们的品位，于是他们改去邻岛克罗港岛，只为住在一座同样"迷人的、年久失修的"旅馆里：同样简陋的房间，狭小的浴室，相互点头示意、并不交谈的常客，以及同样的小河湾和荒无人烟的小沙滩，吃早饭前有人会在那里晨跑。一条缠腰式长裙就够了，不需要找阴凉处停车，没有人带野餐的食物、折叠椅和太阳伞，没有人一直在太阳下暴晒，身体也不会因为海水和防晒霜而变得黏糊糊甚或发炎。只需要走几步就可以坐到石松下的织布长椅上，等到太阳西沉又去游泳，因为 1977 年的这个夏天，科隆布喜欢上了地中海海水浴，但是她只知道那些空旷的沙滩，这样的野性与原生态是一种奢侈，因为没钱的人无法来到这些地方。

在土伦①或耶尔②下船时，科隆布仔细观察比萨店、泳衣店、停车场和露营地、超市和环形路口以及人群。她并没有什么罪恶感，因为她觉得，这波光粼粼的水的盛景，它那美妙的清凉恰到好处地平

---

① 土伦（Toulon），位于地中海地区的港口都市，是法国瓦尔省的省会。

② 耶尔（Hyères），位于地中海沿岸的小城，属于瓦尔省。

衡了空气中的热气，富有光泽、带有咸味的身体感受到的愉悦，是一种纯净且免费的毒品。不要离开这深深的海水，应该就这样自由自在，不要回到陆地上去，那里遍布各种社会意外事件，但科隆布基本没有遭遇过。

埃洛伊兹对科隆布讲述她在圣特罗佩①度假的事，她祖母的房子，还有在55俱乐部②度过的时光，科隆布心想有人比自己更幸运。

1977年十月，埃洛伊兹和科隆布参加了一次学校组织的参观活动，去探索巴黎郊区格里尼市一个名为大界石的新街区。她们在卢森堡公园站乘坐区域快铁，这是离她们家最近的站。崭新的白、蓝、红三色车厢，楼房下面的草地，露天的游乐设施，彩蛇形状的雕塑，兰波的肖像，墙壁上的颜色——淡蓝、红色、黄色。一切都让她们喜欢。科隆布暗暗心想，真想住在那里，住在一座现代的楼房里，

---

① 圣特罗佩（Saint-Tropez），位于地中海沿岸的小城，属于瓦尔省，是有钱人的度假胜地，吸引了许多作家、画家及电视电影明星。
② 55俱乐部（le club 55），圣特罗佩著名餐厅，多为名人光顾。

而不是住在巴黎一座阴暗的老楼房里。

可以责怪她们一无所知。这很容易，时常会有人责备她们，而她们将受到惩罚，尤其是埃洛伊兹。

让我们想象有一位女调查员，一位敏锐的女观察员，有人要求她描绘一幅七十年代巴黎布尔乔亚的社会情景图，这幅画同时会呈现埃洛伊兹家和科隆布家的情况。而这位女调查员在万塞讷大学读了社会学专业，她是女性主义者，出身于工人阶级。她大概会从对地方和居住者的描述开始，一开始可能还会以为这是两个一模一样的家庭，但她很快就会发现自己的错误所在。

这两个相同的公寓位于卢森堡公园附近：镶木地板，大理石壁炉，天花板饰有花纹（小天使、百合花），狭窄的、贴着亮色瓷砖（赭石色、苹果绿）的厨房和浴室，客厅和饭厅用落地门（根据一位室内设计师的意见，"必须打通空间，让空气流通"，科隆布家的这些门被移除了）隔开，同样的古典家具（埃洛伊兹家的家具是继承下来的，科隆布家的是从跳蚤市场或古董商店买回来的）和现代家具（埃洛伊兹家是更加精致的意大利款式，科隆布家是更加朴素的丹麦款式）。

她们只知道这些。科隆布的祖母和外婆住在狭小一点的公寓里——一间卧室，一间客厅，一间饭厅，但科隆布认为这很寻常，她们都是一个人住。

她们在阿尔萨斯中学的同学总是在同样大小的公寓里举行生日茶会，只是装饰不同而已。有些公寓色彩丰富，贴着华丽的墙纸，上面是巨大的花朵——紫红、亮橙、柠檬黄，塑料家具和懒人沙发；有些公寓则是线条粗犷的家具，深绿色天鹅绒的色调，挂着画着鸭子的木刻画。

调查员一开始觉得可以通过他们对装饰的选择来区分这些家庭：1）贴华丽墙纸的家庭。他们是左派，喜欢山羊奶酪胜过卡芒贝尔奶酪，父亲（有时是母亲）是自由职业者或知识分子。他们宣称"我们反对布尔乔亚"，因为所谓布尔乔亚，就是保守主义者，他们才不是这样的人。2）有深绿色或米色天鹅绒沙发的家庭。他们就是他们，在他们看来，布尔乔亚并不是一个坏词，一切都很好。他们是右派。

但是这种区分标准或许有点过于简单，她心想。

科隆布的父母居住的楼房建于十九世纪末，有长长的走廊，小小的厨房。他们显然属于第一类人。他们勉强接受自己所在的社会阶级，玄关处的墙纸是金色的，餐厅的墙纸是银色的，社会党和共产党的联盟并不让他们害怕。调查员怀疑科隆布的父亲在大学时代曾加入过共产党，参加过战斗，她认为一开始他很积极，后来改变了想法，他是一个最终选择了这种布尔乔亚生活方式的叛徒。她收回了自己的评价，她应该客观中立。

调查员在说布尔乔亚这个词的时候仔细观察受访者的反应，她最近刚刚接受了一次关于非言语交流的培训。

他是不是很震惊（表情奇怪，嘴巴抿紧，目露愠怒之情，动作很激动）？抑或相反，他觉得很有意思？

这种问题不会问母亲，问卷调查表上没有这个问题，开会时她已经指出过这个不足，但是办公室主任并没有听进去。

接着，她问母亲们家务的情况。科隆布的母亲似乎对这个问题一点兴趣都没有，她总是答非所问。

专门的家政女工负责清洁地面、熨烫、擦拭、购物、煮饭，其余的她负责，确保一切都安排妥当，井井有条，她用自己的工资付钱给这位女帮手。

埃洛伊兹父母的公寓位于一座十七世纪私人府邸的顶楼，就在卢森堡公园南边一条优雅的街道上。天花板很高，铜色橡木鱼骨拼木地板，镶木条比科隆布父母家的宽两厘米。没有调查员期待的绿色天鹅绒和旧木刻画，白色墙壁上挂着人像，她想上面画的是否是先辈。她还发现了一些当代绘画，一些用色明艳的色块。孩子们虽然都受洗了，但是没有初领圣体①。

这座楼房属于埃洛伊兹的一位姨婆。她没有孩子。继承、遗产，这些都是重要的问题，当然不会和一个外人讲。

调查员并不能马上发现科隆布与埃洛伊兹所处的社会阶级之间的差异。她看见了有钱人、布尔乔亚、大公寓，她看见了两对父母，两个独生女，几乎是一模一样的父亲（矮小、圆滚滚、秃顶、快活，

_____

① 初领圣体时间没有限制，但一般都在8—10岁之间进行。——编者注

做着自由职业——埃洛伊兹的父亲是公证人，她父亲的父亲也是公证人；科隆布的父亲是医生，她父亲的父亲是一位裁缝，非常溺爱孩子），一模一样的母亲（漂亮、冷漠、焦虑、受过高等教育）。她发现埃洛伊兹和科隆布长得很像，她们穿衣风格也很像——木屐、背带裤、裙裤、设得兰①羊毛套衫，她们的母亲不会给她们买特别贵的衣服，而是制作精良的衣服，她们的衣服总是买得特别大，这样可以穿很久；她们的发型也一样，中长的栗色头发，乱作一团，但很快就能扎成马尾辫，科隆布的头发一点都不顺滑，她会忘记梳头，脑袋上的头发打成了一个个结（进入初中后，她就没有保姆帮她梳头了），埃洛伊兹被照顾得更好（她的母亲会确保没有一根头发是乱的）。

通过更加细致的观察，调查员发现，从严格的社会学角度看，这两个出生于 1968 年之后的布尔乔亚小女孩之间存在着很大的不同。

吃早餐的时候，埃洛伊兹被教导要用黄油刀给

---

① 设得兰（shetland），著名的羊毛品种，得名于苏格兰设得兰群岛。

自己切黄油，切下的黄油不是直接放在面包上，而是先放在一个小碟子里，然后用自己的刀把黄油涂在面包上。科隆布并不觉得用自己的刀有何不妥，她把刀伸进从伦敦的阿拉丁之洞①带回来的漂亮的银质模具里，然后把黄油涂在面包片上，她也以同样的方式涂果酱。简而言之，她很可爱，但是不懂得任何礼仪。无论是她的母亲还是父亲都不会提醒她要说"谢谢夫人""您好夫人"，也不会为此奖励她或惩罚她。她没有接受过真正的布尔乔亚教育，只是从女仆西蒙娜夫人那里得到一些友善待人、关心他人的建议。很久之后，科隆布从她的父母那里继承了一个银质雕花轴，在餐桌上切肉时，把它紧紧地贴在羊腿骨上，好让羊腿立住；一个盘子，上面画着交叉摆放的淡紫色和淡绿色芦笋，上面放另一个配套的镂空盘子，可以沥干芦笋；一个别致的、用来储存肉豆蔻的银色金属管子；一个刨丝器，可以用它把豆蔻磨成粉，增添汤的香气；一些甜品勺，一些装鱼的餐具，一些象牙柄刀具。但科隆布

---

① 阿拉丁之洞（Silver Vaults），又译作"银穹顶""银拱顶"，伦敦著名的银器古董市场。

吃饭的时候还是继续张着嘴巴，发出嚼东西的声音，而埃洛伊兹用餐时非常有礼仪，熟练地使用餐具，懂得什么时候该保持沉默，只要有人稍稍邀请她品尝，她都会马上表示感谢，而对那些不怎么认识的人，她也会写情深意切的吊唁信。

埃洛伊兹的父母属于大资产阶级，她的母亲属于贵族阶级，而科隆布的社会出身却并不确定（从东欧来的犹太移民，他们的后代受益于优质的公共教育）。

不久之后，埃洛伊兹欣然接受自己是一个布尔乔亚，事实如此，自己没什么需要开脱的。她的父亲早上七点去上班，晚上九点回家，她需要遵守一些规则，需要拿到优秀，她强迫自己做到这些，认认真真地学习。埃洛伊兹忍受着布尔乔亚教育的不适以及它的各种责任义务。她懂得遵守规则。她的父母对她有很多要求，她希望自己能做到。

假期的一半时间，她都在做有用的事：去英国和德国参加语言培训，参加网球和帆船训练，补习数学。她从来不会想什么都不做，什么都不学。

科隆布呢，相较于现实，她更喜欢幻象，会花上许多年才承认自己的父母是富有的（不过并不是巨富，只是比一般家庭富有），她对钱不感兴趣，她从来不谈钱，也不渴望钱。这种对金钱的漠视表明她是一个布尔乔亚，只有不担心匮乏才可以沉溺于钱不重要这样一种幻象。科隆布坚持这一事实：她的祖父母是移民，他们刚到法国的时候一无所有。她父母去世后，她将继承家具，以及一笔钱给自己在巴黎购置一套公寓，但是布尔乔亚，这个侮辱性的名号，不，她绝对不要。

调查员询问这两个小女孩，并对情况进行了如此总结。

她们从未挨过饿。

科隆布在面包店有一个账户，她想吃什么就拿什么。

埃洛伊兹放学后，盘子里已经准备好了点心。一杯果汁，一片涂了黄油的面包片，以及四块巧克力。

她们以为自己的生活很普通、很平淡，和许多法国人的生活一样，不更好也不更坏。

年纪更小的时候，科隆布甚至想过自己是否是"乡巴佬"，她被邀请去朋友 X 家吃晚饭，朋友的母亲问她姓什么，又问她母亲姓什么，然后左右摇晃脑袋，她从来没有听说过这个家族，她去查阅《社会名流名录》，又去查阅《名人录》，一无所得。

十一岁的时候，她们对自己的社会处境依然不太确定，她们观察彼此，就像是照镜子：中产阶级、大资产阶级，她们并未发现有何不同。

科隆布曾问自己的父亲，我们算什么？我们是富人还是普通人？

他回答说，我们是中产阶级。

她们对调查员坦白道，她们运气很好，虽然没有人这么和她们说过，她们读过一些《小东西》[①]之类的书，里面都是不幸的孩子和严厉的老师，老师布置很多的作业，还用棍子打学生。这的确不是她们的生活。

她们说了很多关于学校的事。

阿尔萨斯中学的老师不布置作业，每个学期她

---

① 阿尔丰斯·都德（Alphonse Daudet，1840—1897）的作品，出版于 1868 年。——编者注

们只需要交一部"代表作",一件她们发明创造的东西,这让她们觉得很有趣。埃洛伊兹设计了填字游戏、字谜和其他游戏,科隆布创作了一些故事,并画了插画。没有人要求她们死记硬背,因为她们可能会遭受精神创伤,产生厌学情绪,或者更严重的,百无聊赖。

调查员注意到,科隆布冒失且懒惰,埃洛伊兹则认真且刻苦,她认为,这才是最不公平的地方。

在一所普通高中,如果科隆布不保持清醒,不认真学习,她很可能会在高一期末"被分流"。但是因为她属于这个七十年代兴起的新兴社会阶层,即左派知识分子自由派布尔乔亚,所以她总是被鼓励、被支持,她会取得好成绩的。

调查员没有这么好的运气,但是她并不觉得难过或者羡慕,她只是觉得"这对她而言再好不过"。

所以她可以得出这样的结论:二十世纪末,出现了一种新兴的布尔乔亚阶级,它的源头是1968年五月风暴,它准备好接受世俗性成功带来的好处,坏处一概不要。

1978

她们俩很像，个子不高，栗色头发，白皙皮肤，淡色眼睛，这种相似正是她们友谊的黏合剂之一。

或许她们想要长得更高一些，她们不太自信，再长高多少厘米可以让她们更加自信呢？她们渴望长大，可以自己买裙子、凉鞋，和或许会爱上她们的男孩子贴紧身体跳舞。

她们并不时髦，而其他人，那些衣着光鲜、滑板滑得极好、再过几个月就会抽烟的学生，并不知道她们叫什么，或者总是混淆她们，埃洛伊兹和科隆布两个都是"小个子"，青春期来得很迟，背着装着马术装备和舞蹈衣物的大袋子，从达萨路上的学校出来，如果有足够的钱买杏仁可颂，她们就会在面包店里逗留一下。她们沿着沙尔特勒路往上走，不在勒沙尔特勒咖啡馆停留，因为她们既不玩弹珠游戏，也不喝咖啡，既不和神情冷漠的男孩讲话，也不和他们说笑。她们走过橱窗时，忍不住往里看。谁坐在能看到画着一座淡蓝色维苏威火山的墙壁的长椅上？谁坐在吧台前面的高脚椅上？是初三的高个子男生们。

她们穿过卢森堡公园，埃洛伊兹往左转弯，朝卢森堡宫那边走去，另一边的科隆布往右，朝天文台路走去，但是在此之前，她们会在一把长椅上坐下来，因为她们还有话要说。在她们面前，是一些种着黄色和红色郁金香的花坛，排列整齐的栗子树，宽大的绿叶投下阴影，草坪就像是长沙发，卡尔波喷泉，亮闪闪的青铜马，只有严寒才会使喷出的泉水冻住，而这一景观总是让小女孩们目瞪口呆。这些青铜塑像，这些高大的树木，这些修剪平整的草坪，这些黄色和红色的郁金香，构成一幅画卷，她俩并不觉得厌倦，她们的父母曾告诉她们这一切是如此美丽，她们欣赏着，而她们习惯了去看她们身边的美。

一个新同学要举办生日舞会，所谓新同学，是指他并不是从幼儿园开始就和她们是同学。汤姆是美国人，圆圆的鼻子上满是雀斑。埃洛伊兹一身运动风，穿 Kickers① 的染色麂皮高帮鞋；科隆布呢，她

---

① 英国鞋履品牌，设计活泼、颜色明亮，深受年轻人的欢迎。

还是一个"模范女孩",穿 Start-Rite[①] 的鞋,这一英国品牌不会每季都出新品。瓦妮莎·吉安在初一的时候就穿 Sacha[②] 的平底鞋,品蓝色,上面有黄色星星图案,或者是阿迪达斯的 Stan Smith 小白鞋,甚至穿牛仔靴,她当然被邀请去汤姆家了,很容易就能理解为什么埃洛伊兹和科隆布她们两个没有被邀请。冬天,她们穿一个或两个搭扣的玛丽珍鞋,有两种颜色可以选择,海蓝色或红色;夏天,她们穿在瓦万路的桑德里纳商店买的绉胶底凉鞋,店里一位绾着高高的花白发髻的女人弯腰看她们小小的脚丫,测量它们的长度,大拇指用力摁脚趾处的鞋面,确定鞋子不会太小,而是刚刚好,至少能穿六个月,也不会太大,不然会容易受伤,确保鞋子不会妨碍她们的成长——这样一种肃穆的仪式一开始就排除了让她们朝思暮想的平底鞋和牛仔靴、舞会和舌吻。然而,当科隆布躺下睡觉时,散发出皮革味的新鞋子就放在床边,那抹海蓝色时髦得像年轻女孩的鞋,几乎就像是她妈妈穿的莫卡辛鞋,还有纸盒子以及

① 英国童鞋品牌,英国皇室御用品牌。
② 荷兰时装休闲鞋品牌。

她要求留下来的雪梨纸，她心想，因为这双鞋，新
生活开始了。

1978

　　她们从来不曾生过重病。她们会感冒，撞伤膝
盖，抓破手臂，肚子痛，或发烧三十八度，有一次
烧到了三十九度，父母请来了儿科医生，他把冰凉
的手放在她们的额头上；父母送她们去打疫苗，让
她们戴牙套，这样牙齿可以变得整齐完美；她们去
看眼科医生，她们进行肢体训练，被精心照顾，被
悉心呵护，她们的脊柱笔直，她们的脚、牙齿以及
视力也一样，没有什么会被耽搁、被忽视，会被认
为是偶然的或者"不严重的"，没有什么可以是歪
的、弯曲的，她们完美无缺。

　　开学就是初二了，因为埃洛伊兹的假期要比科
隆布的有意思得多，所以科隆布就编了一个故事，
说她得了脑膜炎，差点变成瞎子。暑假期间，科隆
布读了美国女权主义斗士海伦·凯勒的自传《聋、
哑、盲：我的人生故事》。作者详细地讲述了自己如

何凭借惊人的意志最终摆脱了孤独隔绝，而科隆布在导致海伦·凯勒残疾的脑膜炎和她的天才之间建立起了一种因果关系。于是她觉得，如果我说自己得了脑膜炎，埃洛伊兹就会相信我是一个和海伦·凯勒一样的天才。

埃洛伊兹从来不说谎，她也想不到别人会对她撒谎。

1978

有一张照片，应该是她们在准备去罗马游学时关于古罗马的一次作业配图，照片上她们两个人都穿着短裤，披着白色的被单，坐在一个花箱上。花箱用来充当罗马浴缸。

她们去游览古罗马广场，瓦莱丽和弗雷德里克前一夜亲吻的事一直萦绕在她们心头，便躲在柱子后面想要看看他们是否会再亲一次，但是没有，他们反而根本不靠近彼此，甚至无视对方。瓦莱丽远远地看着弗雷德里克，一边笑一边大声地说话，弗雷德里克则背对着她。

1979

圣诞假期结束后返校的那一周，埃洛伊兹和科隆布听到各自的父母谈到了同样的事，她们都非常担忧。

埃洛伊兹和科隆布各自都听到自己的父母谈论西蒙娜·德·波伏瓦和让－保罗·萨特这对模范伴侣，她们两个人都听到了同样的句子，比如"自由之爱""必要之爱与偶然之爱""忠诚是一种过时的概念""囚禁小布尔乔亚的监狱"……就好像这是一个普通的谈话主题，一场孩子也可以听的理论辩论，一种学习，一个关系到她们教育的要点，就好像这样的揭示是一种幸福和完满生活的理想……因此，一边可以是妻子、丈夫，即她们的父母，另一边是男人、女人，即她们的父母可以与之发生性关系（虽然，性，这个词并没有说出来）的人。

"这真恶心！"她们一边做鬼脸一边发出这样的感叹。

埃洛伊兹很肯定地对科隆布说，她的父母彼此相爱，她对此很清楚，证据就是，她的父亲会把手放在她母亲的肩膀上，对她说她真漂亮，而她的母亲会回望她的父亲，就好像他是上帝。

"为什么他们会谈起这些？也许是一种潮流？也许是他们读了一本什么书？或者看了电视上的某场辩论？"

至于科隆布，她揣测她的父亲应对她的母亲不忠（她并没有什么证据，但是她对此很确信）。她的母亲爱她的父亲，但是父亲是否爱母亲呢？以这种方式谈论萨特和波伏瓦，就好像他终于找到了解决他所有问题的方法，这也许只是让他毫无负罪感地对她母亲不忠的方式？

十三岁的时候，她们变成了对自己的父亲十分警惕的女人，翻看他们上衣的口袋，闻他们衬衫上的香水味，记录他们的日程安排。她们俩一起，决定找自己的父亲对质。

科隆布准备了一套说辞，她的父亲必须选择自己的家庭，因为"一个人不可能既想要黄油，又不想给钱，还想要卖黄油的女人的吻"。她的父亲听到她的话，放下了《新观察家报》，以一种干巴巴的语气回答她说，这事与她无关。

埃洛伊兹也不再支持科隆布。她同意好朋友父亲说的话，这事与她们无关，况且她的父母彼此相爱，她对此很确定。这种确信让科隆布很焦躁。

她们谈论爱情。

有一天她们是否会有一个恋人？他的头发会是金色还是棕色？他会不会很有钱？他会做什么工作？她们会不会结婚？在乡村还是在巴黎？穿长裙还是短裙？会有几个孩子？

等她们长大后，但愿萨特－波伏瓦这样的伴侣模式已经过时了。

她们彼此承诺，她们会和自己的父母不一样，她们对此确定，她们和以后的恋人"会是正常的，因此也会是幸福的"，她们确信道，背上书包。她们还没有把书包换成 Upla① 的单肩粗绳皮质挎包，她们

---

① Upla，法国箱包品牌，1973 年创立于巴黎，其推出的马鞍包曾风行一时，是法国经典的时尚物。

对这个包已经心仪很久了，但是她们的父母认为不应该宠坏她们，而且单肩挎包可能会让她们的脊柱变形，精心选择的双肩书包更加适合她们的成长。

在期盼着未来的 Upla 包以及婚姻中，她们一起长大了，这也意味着她们基本没有变化。

她们仍是班级里个子最小的女孩，两个身材瘦小、臀部都是肌肉、胸部很小的女孩，没有任何男生会关注她们。

她们想，她们之所以很少被邀请去参加舞会，就是因为从外貌看，她们并不出众。相同的浅色眼睛——埃洛伊兹的偏蓝，科隆布的偏绿，栗色的头发，五官端正，鼻梁很窄。对于她们所在的社会阶级而言，这一切都太普通了，几代人体面的婚姻、健康的食物、山区的假期，都锻造了她们安静、平和、纤细的模样，调查员可能会做出这样的判断。

但是她错了。至少科隆布不是这样的。

科隆布并不了解祖父母的故乡，她只知道特兰西瓦尼亚①长着核桃树，那里的人吃核桃仁蛋糕，就像她祖母家那样；而在比萨拉比亚②，那里的人喝一种用萨莫瓦茶炊烧制的特别甜的茶，就像她外祖母家那样，但是谁也没有想过要去那些地方度假。

科隆布的父母去度假会租房子或住在旅馆里，他们没有什么祖屋、村庄、根。

埃洛伊兹在外祖母的巴斯克风格城堡度过七月的假期，在她之前，她的母亲在那里度过了每一个夏天，浴室里的墙纸没有变，一日三餐的顺序及简朴也没有变，午餐是馅饼或水煮蛋，晚餐是清汤和沙丁鱼罐头，通向儿童房的长走廊上的红砖带来的清凉感也没有变，圣让－德吕兹③沙滩上搭帐篷的位置也没有变，他们常常拜访的家族也没有变。一天，埃洛伊兹被外祖母喊过去，她告诉埃洛伊兹每次只可以用多少张厕纸。

八月，埃洛伊兹去圣特罗佩的祖母家，那是一

---

① 特兰西瓦尼亚（Transylvanie），罗马尼亚的一个地区。
② 比萨拉比亚（Bessarabie），罗马尼亚的一个地区。
③ 圣让－德吕兹（Saint-Jean-de-Luz），法国南部市镇，海滨胜地。

座位于蓬什港口的房子，多亏了她丈夫—— 一位驻扎在土伦的海军军官——的家人，才在 1950 年买下这座房子。埃洛伊兹回来时总带着什么可以储存到圣诞节的东西。

正是这种差异使得科隆布最终明白，在她的家里存在一种地点与历史的缺失，这种缺失令人生疑。埃洛伊兹讲述的家庭故事与法国历史有着密切的关系。在她母亲那一边，有一位亨利四世的情妇，一位法国大革命期间被砍头的神父，一位拿破仑军队中的军官，一位在墨西哥发家致富的移民，一位在第一次世界大战中牺牲的将军，一位独自一人抚养五个孩子的寡妇，一位对一座摇摇欲坠的城堡依依不舍的声名显赫的贵族。她父亲在普罗旺斯度过的童年，一位曾为海军军官的曾祖父，一位作为大型糖渍水果公司继承人的祖母，位于瓦尔省的三十二公顷葡萄园，一些名字，一些避难所，一些大房子，还有这个科隆布第一次听说的词，"家族大聚会"(cousinade)，埃洛伊兹的家族脉络从未断过。科隆布阅读名录，试图了解一些关于她先辈的消息。

1979

埃洛伊兹的母亲希望她能去参加一位表亲组织的联谊舞会。对于她而言，这将是一个"结交朋友、拓展社交圈、认识名门世家孩子"的好机会。"每个月选择一个周六去一次，就当是学跳舞。你会发现，这很有意思。等你满十五岁，就可以去参加一些大型舞会。到时我们一起去 14-18① 给你选一条漂亮的塔夫绸裙子，"她母亲再三强调，"这很重要。"埃洛伊兹不愿意去，她气得要命。

"我永远都不会去参加那种舞会，阿尔萨斯中学可能只有我去那种地方。没有人会去联谊舞会，他们会觉得我特老派。那都是白痴去的地方。"埃洛伊兹对科隆布如此解释道，但科隆布心想，她倒很乐意父母能让她去参加联谊舞会（可是他们很可能都不知道这是什么东西）。科隆布喜欢跳舞，也喜欢长

---

① 位于巴黎十六区的时尚品牌店，由曾在《法兰西晚报》担任记者的克丽丝蒂娜·埃路易（Christine Hélouis）创立，符合中产阶级品位。

裙。她觉得自己很肤浅，同时又很欣赏好友的单纯，她竟然会拒绝别人给她买一条塔夫绸裙子，去同穿着西装的男孩跳舞。

1979

埃洛伊兹一直都穿背带裤和裙裤，但是在阿尔萨斯中学的体操馆里，她可以爬上滑溜溜的绳子顶端。这一切看着让人震撼：一只手，一只脚，一只手，一只脚，手脚交替慢慢上去，毫无停顿，毫无犹豫。眼睛完全不看地面，而是一直看绳子的上端，似乎毫不费力，最上方，绳子在天花板的横梁处打了个结，离地面有六米高。爬到最高处后，她弯腰俯瞰地上的那些人，然后又同样灵活地爬下来。体操老师表扬她，她露出淡淡的笑容。她坐在科隆布的旁边，用眼睛的余光瞄她，等她评论。

科隆布实在太嫉妒了，她转过身子不去看埃洛伊兹。不好意思，我没看到你刚刚的精彩表现。她宁愿死也不想承认埃洛伊兹的优秀。

轮到科隆布了。滑溜溜的绳子是不敢想的，她直接跑到了有绳结的绳子那边。埃洛伊兹为她加油，科隆布真想揍她。她开始爬，虽然事先已经知道接下去会发生什么，她还是希望这次会不一样，她已经长大了，手臂更有力量了，她观察过埃洛伊兹，但埃洛伊兹注意力都在绳子上，根本不知道科隆布正在仔细地研究她的每一个动作，学她的样子。看上去很简单，一只手，一只脚，一只手，一只脚。科隆布的左手抓住绳子，绳子太粗，她的手无法完全握住，她用尽全力，手心像被火烧了一样痛。她左脚踩住靠近地面的第一个绳结，右腿缠着绳子，她穿着运动短裤，感觉到麻绳擦过她的皮肤，她抬起左脚，试图踩住第二个绳结，它离地面十五厘米，脚立刻滑了下去，她假装没有发现，抬起右脚放到左脚上，麻绳有很多细小的刺，刺进了她的皮肤里，但是也无法阻挡她向下滑，她停了下来，两只脚交错钩在一起，就好像她可以学埃洛伊兹的样子，只有踩在离地面几厘米高的绳结上的左大脚趾还在空中，向后倾的脚后跟拖着她的整个身体往下。她又抬起右腿，晃晃悠悠地把它放在左腿上，两条腿叠在一起，她抬起忽然仿佛千斤重的屁股，痛苦不堪地爬过了绳子的第一个绳结，她成功了，现在她离地面九十厘米，只不过她的屁股还在往下坠；她听到了埃洛伊兹的加油声（她肯定在嘲笑她，她在报复，埃洛伊兹肯定发现科隆布之前不愿意承认她的优异表现）；科隆布抵达了第二个绳结，她从未做到过，现在她应该离地面一米二，她低下头看地板，头晕乎乎的，她的两条腿现在完全缠绕在一起，根本没法动，她卡在了那里，不能上也不能下；她大腿上的皮肤、被绳子磨坏的小腿肚上的皮肤，都很痛，手心火烧火燎，她几乎要哭了。她现在十一岁，之后是十二岁、十三岁、十四岁、十五岁、十六岁、十七岁，还是这个体操馆，还是这条绳子，毫无进步，第二个绳结将是科隆布最好的表现。她任由自己滑落到地面，摔青了屁股，扭了脚踝。她不想要埃洛伊兹的同情，她只想要她的赞美。丢脸的科隆布希望埃洛伊兹从她的视线里永远消失。

1980

埃洛伊兹和科隆布十四岁了，午餐时间，她们离开了学校。此时应该是三月，这第一抹淡黄色的阳光意味着冬天的结束，埃洛伊兹开始哭泣，这种事从来没有在科隆布面前发生过。

走到达萨路和米什莱路的交叉口，她们远离了其他人，站在一家奢华的大杂货店面前，店里出售罐头食品，上面的标签似乎都是手写的。科隆布转身看橱窗，不知如何是好，接着她又转头看埃洛伊兹。

埃洛伊兹对她说："是因为阳光，让我想起了在圣特罗佩的祖母。"

科隆布向后退了几步，什么都没说，她们又跟上了大部队，去卢森堡公园或者面包店，她不记得后来做了什么，但是记住了照在埃洛伊兹身上的阳光，记住了她的感伤，她的祖母，她又窄又高的房子，长满茉莉花的屋顶露台，玫瑰色的浴室，她身上不像是祖母会用的鸦片①香水味；她的祖母，就代表了爱。

科隆布很吃惊，怎么会有祖母像埃洛伊兹的祖母那样——白色套装，配套的高跟鞋，玫瑰红口红，

---

① 法国奢侈品牌圣罗兰于 1977 年推出的一款香水。

还有她告诉埃洛伊兹、埃洛伊兹又告诉科隆布的所有事情。

她的祖母反复和她说她很迷人。

她向她展示如何把紫红色的眼影涂在眼皮上，凸显她浅色的眼睛。

她在长裙上系一根腰带，把它收得紧紧的。

她送给她贴满银色亮片的高跟凉鞋，并对她说，哪怕脚痛也没关系。看起来漂亮，这才重要。

她建议她多吃杏仁，这样胸部才能丰满。

她对她说，以后所有的男人都会跪倒在她的脚下，而且和她一样，有一天埃洛伊兹会遇到命中注定的那个人，最最深情、最最聪明的丈夫，她会像与爷爷相伴一生的她那样幸福。

来巴黎小住时，她仔细看了看科隆布的眼睛，然后又看了看埃洛伊兹的眼睛，确定自己孙女的眼睛比她好友的更加漂亮，科隆布对此很清楚。

每年夏天，埃洛伊兹从圣特罗佩回来时，总是带着祖母送给她的新衣服。

不是小女孩或者受过良好教育的青春少女穿的衣服，不是 New Man 的背带裤，或者 Benetton 的围巾，不是 Cacharel[①] 的小碎花裙，或者 Start-Rite 的绉胶底鞋子。不是蓝色、红色、绿色、玫瑰色、灰色的普通衣服。她带回来的是香奈儿的紫红色外套，圣罗兰黑扣白外套，爱马仕的金色方围巾，菲拉格慕的白色高跟鞋。埃洛伊兹并不穿它们，但是她会向科隆布展示，科隆布很想试穿一下，但埃洛伊兹总是很快就把它们收起来。

从来没有见过有人穿这些衣服，但在她们母亲不会买的杂志上可以看到它们的照片。科隆布的母亲订阅了女性主义杂志《F》，上面并没有"这些贬低女性形象的时尚照片"，但是它们让科隆布想入非非。埃洛伊兹的母亲对时尚、不持久的东西持怀疑态度，她几乎不买东西，总是穿同样的衣服，根据英国贵族的穿着打扮精心挑选的衣服：设得兰羊毛套衫，套头和开襟毛衣套装，粗花呢半身裙，舒适的衣服，耐穿的衣服。

---

① New Man、Benetton、Cacharel 均为法国服饰品牌。

埃洛伊兹问科隆布，你觉得我可以在巴黎穿白色高跟鞋吗？

科隆布回答说，当然可以，但是她并不确定这是不是一种缺乏品味的表现，她会看起来很可笑，不会被邀请参加大家争相吹捧的美国人的舞会。

高一这一年，科隆布在耍酷上高了几个等级，她终于变得时尚了，多亏了她的父亲，她脚踩 Sacha 的芭蕾平底鞋，身穿李维斯 501 贴身牛仔裤，肩上围着灰白相间的绒毛围巾。

这一年，科隆布被邀请去参加美国人的舞会，埃洛伊兹没有被邀请，她坦率地表示自己很失望。科隆布进一步让她失望翻倍，她凌晨一点才回家，亲了美国同学，他成了她的男友，他们出双入对。

轮到她向埃洛伊兹炫耀了。

现在这变成了两个少女之间的斗争。科隆布有了新的朋友，穿着牛仔靴的卡林，穿着牛仔外套的汤姆，穿着 Stan Smith 小白鞋而且还会打网球的马努，他们一起去在巴黎开的第一家麦当劳，就位于圣米歇尔林荫大道，装潢看起来像是图书馆。

科隆布投入战斗，眼看自己就要赢了，几乎是太容易了。她不明白其实埃洛伊兹没有参与，竞争并不吸引她。

不管怎样，埃洛伊兹有了一个男朋友，叫菲利普，他邀请她去看电影，她看起来似乎也忘记了科隆布。

1981

埃洛伊兹家发生了一些事，和钱有关。

埃洛伊兹没有去祖母家过圣诞节，而是和父母去了巴厘岛。

埃洛伊兹的父母在海角区买了一栋房子，就在圣特罗佩半岛上。他们犹豫过。房子有一个不足之处。海角区，是最好的选择，那里有北方纺织巨头在战前建造的漂亮别墅。这些都是家族里代代相传的财产。但那栋待售的房子还比较新，位于海角入口处，即被称作"巴乌"①的地方。在巴乌居住，说明他们不属于北方的古老家族。一下子就会被认为

---

① 巴乌（Baou），在法语中这个词有小山丘的意思。

属于"新贵家族"。而这，就是一个问题。每次说在圣特罗佩有一栋别墅，就必须要说清楚。是在哪里？在海角区。太棒了，您认识马尚一家吗？他们的房子在海角的最尖端处，您是在那附近吗？只能低下目光说出事实，"房子在巴乌"。对方想如何解读都可以，他肯定知道这一点，他知道北方的家族，即纺织业大亨，同二十多年前来这里从某个品味还不坏的房地产经销商那里买房子的家族是不一样的。在海角区入口处，有个保安会询问来访者要去哪里。一旦您说您是去巴乌，他就会露出一副厌烦的表情，随即放您进去。不需要检查，也不需要打电话给业主确认您是否真的是访客。

这没有什么大不了的，不过还是……埃洛伊兹的父母习惯了一直被人归类，母亲被归为巴斯克的贵族，父亲被归为普罗旺斯的一个古老家族。在品味、产业、归属方面，他们拥有最好的一切。这种"不足"，这种轻微的缺陷，他们决定摆出这副样子："我们可不是附庸风雅的人，的确，房子是在巴乌，但是对于我们而言，这一点都不重要。"重要的是，花园里种的草莓树、无花果树、柿子树和柠檬树，正是因为这一切他们才选择了这个房子。之前的房主是一个很独特的人，一个美国女人，一个艺术家，品味出众，还是梅隆家族①的继承人。

每次埃洛伊兹想同科隆布分享她在巴厘岛的一段回忆或者一片美丽的风景时，科隆布总会突然改变话题。她不让埃洛伊兹同她讲假期的事。

但是她接受了埃洛伊兹的邀请，在二月的假期去参观那座新房子。

那是一栋巴巴爸爸②风格的粉色混凝土建筑。她们在外面参观了一圈，有一个俯瞰大海的露天花园，科隆布在一些矮树前停下，茂密的褐色细枝四下叉开，她慢慢靠近，树上结有柠檬。科隆布第一次看到这样的场景，挂在树上的柠檬，她不敢相信，伸手摸了摸，柠檬都长得很大。她闻了又闻，掂了掂，拍了一些柠檬的照片。她赞叹不已，大喊"是柠檬树哎！"，奇怪的是，科隆布的嫉妒消失不见了。

接着她们参观了厨房，里面有一个传菜电梯，

---

① 梅隆家族，美国巨富家族。——编者注
② 法国连环画《巴巴爸爸》中的人物，全身都是粉色。

一个烤炉，一个炸锅，一台冰激凌机，两台冰箱，一块有电铃按钮的木板，每个电铃上都标记着房间名：蓝色房间、粉色房间、紫色房间、小客厅。她们乘坐一个有栏杆和按钮的电梯向上：地下室、底楼、二楼、三楼，最后到了一间铺着厚厚的白色地毯的巨大圆形房间，墙边是一张铺有紫红色印度织布的软垫长凳，科隆布从来没有见过这样的房间，她只在父亲喜欢的意大利装饰杂志上见过照片。她打开一扇椭圆形的落地窗，外面就是露台，还有大海，她吸了一口清新的空气，回到了房间里。

她们十分喜欢浴室里的方砖，一间浴室全黑，一间柠檬黄，一间玫瑰糖果色，还有一间绿松石色，这座房子建于六十年代，就好像她们被带回了那个时代。科隆布赞叹不已，这一切就像一场表演，一个游戏，一种布景，埃洛伊兹一言不发，她将拥有一个大房间，里面有一张天篷床，上面挂着白色纯棉帐纱，还有一个独立卫生间。埃洛伊兹和科隆布很快就习惯了这座新房子，它也变得平平无奇了。

五月，弗朗索瓦·密特朗[1]当选共和国总统，埃洛伊兹的父母吓坏了，他们把票投给了瓦莱里·吉斯卡尔·德斯坦。他们曾受邻居安娜－艾莫娜[2]邀请去布雷冈松堡[3]喝咖啡，总统和他们寒暄了几分钟，之后的一年多时间里，这都是他们家晚餐的佐餐话题。问题是，是否有必要去瑞士？埃洛伊兹把这个问题和科隆布说了，并且明确道："这是因为共产党员要回归政府了。"在阿尔萨斯中学，有些学生的家长被任命为部长。埃洛伊兹父亲的一位朋友和共和国总统内阁负责人是国家行政学院的校友。如果有什么问题，这可能有帮助，他们也就放下心来。

科隆布的父母呢，他们投票支持社会党和共产党的共同计划，他们觉得缴税是很正常的事。不久之后科隆布得知他们在瑞士其实也有一个银行账户。

---

[1] 弗朗索瓦·密特朗（François Mitterrand，1916—1996），政治家，1981 年当选法国总统，是法国首位当选总统的左翼政治家，其前任总统正是瓦莱里·吉斯卡尔·德斯坦（Valéry Giscard d'Estaing，1926—2020）。——编者注
[2] 瓦莱里·吉斯卡尔·德斯坦的妻子。
[3] 位于法国南部瓦尔省地中海沿岸，曾是法国南部的军事要塞。1969 年开始，这里成为法国总统的避暑官邸。

1983

在圣特罗佩过暑假时，埃洛伊兹会去一个夜总会跳舞。

开学后，科隆布想要埃洛伊兹全都给她讲一讲。

埃洛伊兹在那里认识了一个二十六岁的意大利人，名叫马泰奥。

科隆布在瑞士代堡①一个夏令营度过了暑假。她喜欢这个地方，喜欢山，还有前往石地②和维德马讷特山③的徒步，把脚伸进萨林河冰冰凉的水里，以及烤香肠和把瑞士糖当作甜点，但是她还是向往圣特罗佩。

在圣特罗佩，天刚亮，马泰奥就给埃洛伊兹送来巧克力面包，面包刚出炉，还是热乎乎的，马泰奥认识面包店老板，他专门为马泰奥早早开店。马泰奥在拉约勒的海滩上租了一栋房子，只需要走出

---

① 代堡（Château-d'Œx），瑞士度假小镇。
② 石地（Pierreuse），瑞士著名的自然保护区。
③ 维德马讷特（Videmanette），瑞士雪山，这里有著名的滑雪道。

花园，推开门，就可以在海里游泳。马泰奥有着黑色的眼睛。暑假快结束时，马泰奥送给埃洛伊兹一枚镶嵌着黄水晶的戒指。马泰奥开一辆红色敞篷车。散步的时候，马泰奥会把手臂放在埃洛伊兹的肩膀上。暑假快结束时，马泰奥哭了。

很久之后，成年后，科隆布常常要埃洛伊兹尽可能具体细微地给她讲这些事——马泰奥和他的敞篷车，海边的房子，马泰奥写的信。埃洛伊兹对科隆布的这种执迷感到吃惊。这些都过去了，她对马泰奥留有情谊，偶尔联络，但是现在她爱的是另一个男人。

1984

放学后，科隆布得知他们的女佣西蒙娜夫人去世了，这一切发生得很突然。她遇上了一场意外事故。母亲并未说清楚究竟是什么事故，反正和电梯有关，科隆布不敢问。

父亲打电话给她，对她说，真不幸，大家都很伤心。

科隆布参加了葬礼，拥抱了西蒙娜夫人的儿子，亲了他的脸颊，她的儿子和她同龄，这是她第一次见他。但他们住的地方相距只有一百米。

西蒙娜夫人是她遇到的第一个逝者。

在此之前，科隆布从未接触过死亡。

科隆布十七岁，她还不知道有一天她会再也见不到西蒙娜夫人，之后的好几年里，她一直都很想念她，她后悔没有多和她说话，多听她说话，以为她会永远在那里。

西蒙娜夫人去世三十年后，科隆布依然回味着她做的橙花巧克力蛋糕的味道。

西蒙娜夫人每天八点到她家，为科隆布准备早餐，否则她就不吃；她打开房间的窗户，掀开床上的被子（科隆布本应该自己做，但她常常忘记）。她在桶里装满热水，放入肥皂，用粗布拖把拖厨房的地面，用白醋浸泡的布擦壁橱，然后打开吸尘器，最后整理床铺。科隆布放学回家时，西蒙娜夫人总是在熨烫或者缝补衣服，或者擦银器，但她总会起身为她做点心。

西蒙娜夫人去世后，科隆布的猫不愿吃东西，最后忧伤而死。

1984

　　人们对她们有所期待，她们也有所渴望。这两个在巴黎知识分子布尔乔亚家庭长大的少女。一切不能更好了。二十世纪八十年代，弗朗索瓦·密特朗当选总统，阿尔萨斯中学，想学中文就可以学中文，相信孩子。没有过多的作业，活在自己的世界里，凭借自己的聪明才智和学业能力拿到奖学金。去罗马和佛罗伦萨游学。希望我们的孩子幸福、快乐、有教养，有不可思议的好运。卢森堡公园，两边种着梨树的美丽小径，Kerstin Adolphson[1] 的瑞典木屐，栗树的叶子。书柜里摆满读过的书，《韦伊法》。科隆布做了堕胎手术，这并不是什么问题。在电视上，她们看电视节目 Apostrophes，以及克洛德－让·菲利普的电影俱乐部。阿尼亚斯贝的纯棉纽扣背心，以及配套的价值一百八十法郎的条纹 T 恤。持续不

---

[1] 一家位于巴黎的精品店，开创于 1973 年。——编者注

断的鼓励，她们的未来规划，她们的学业选择。她们十七岁了，她们一起去北方剧院看彼得·布鲁克[①]导演的契诃夫话剧《樱桃园》，在那里，她们明白了一个人可以失去自以为拥有的一切。

1984

埃洛伊兹和科隆布参加了中学毕业会考，她们不是家里第一个参加会考的人。这一切都很普通。

埃洛伊兹问科隆布：

"你以后会让你的孩子上这所学校吗？"（这里的学校是指阿尔萨斯学校。）

"不会，我厌倦了这个街区、这所学校，我会把他们送进公立学校。"

"我觉得我还是会让孩子来，我们过去在这里很幸福。"

---

① 彼得·布鲁克（Peter Brook，1925—2022），英国著名戏剧与电影导演，著有《空的空间》等书。

1985

一年的高等专门学校预科班，遴选考试，巴黎政治学院终于在圣纪尧姆路的橱窗里公布了录取名单。

埃洛伊兹看到了自己的名字，科隆布却没有，她很失望，她觉得肯定出了什么差错。她肯定会被录取，不然不合理，因为埃洛伊兹都被录取了。科隆布去问相关负责人，今天是否还会公布新的名单。她认为得到自己想要的东西是很自然的事。但是，负责人露出了吃惊的微笑，这种侮辱改变了科隆布。她开始工作。

科隆布有男朋友，埃洛伊兹没有。埃洛伊兹十九岁了，她觉得自己永远都不可能找到自己真正喜欢的人，一位丈夫，一位可以结婚、生孩子——用她的话说——"组建家庭"的丈夫。

科隆布的男朋友就是那类人，他很完美，他可以成为未来的丈夫。他在一所高等专门学校上学，会打网球，有一辆汽车，英俊而友善。

埃洛伊兹总是说，你有这样一位完美的未婚夫是很正常的事，因为你真的很漂亮，比我漂亮。

科隆布不理解，有男朋友为何值得别人羡慕。

她并没有多努力，这一切来得很简单，她看中了一个完美的男孩，一位好友的哥哥，他也看中了她。他们亲吻对方，他爱她，科隆布一开始也爱他。

埃洛伊兹嫉妒科隆布，科隆布耸耸肩，爱情，很容易，只需顺其自然。

1988

在一张度假照上，她们俩穿着泳衣躺在浴巾上，她们二十二岁。她们戴着一模一样的金色耳夹（不是要打耳洞的那种，但是在穿泳衣的时候戴大大的耳夹，她们并不觉得这有什么问题）。

埃洛伊兹望着摄影师，充满信任，科隆布则深情地望着埃洛伊兹。她为埃洛伊兹担忧，她希望埃洛伊兹不要深陷其中，因为她觉得埃洛伊兹过于友善了。她担心别人吃了她的朋友，担心她被人欺骗，担心有人利用她，利用她的信任。

此外，科隆布也觉得埃洛伊兹过于传统，因为埃洛伊兹和她说想要加入一个高尔夫俱乐部，好结识一个完美男孩，她还说现在她后悔年少时拒绝去参加联谊舞会。"所有去了的女孩都遇到了非常热情的男孩。"科隆布甚至觉得埃洛伊兹很无趣，因为她选择去一所高等商科院校继续学习。她对科隆布说，我必须能养活自己，科隆布觉得她实在过于BCBG①。

1989

在伊兹拉岛②，她们骑在驴子上拍了一张照片。她们和科隆布的父亲一起度假。他去港口接她们，旁边是一个陌生的女人。她们共住一间房，共睡一张天篷床，住在米兰达旅馆，一座白色的房子，里面放着沉沉的木质家具，藻井式天花板还刷了漆。房间窗户的百叶窗被一株爬墙的茉莉花卡住了，在

---

① BCBG，是 bon chic bon genre 的首字母缩写，意为"优雅精致"，指追求精致、优雅、时尚的有钱人。这一风尚主要出现在法国二十世纪七八十年代。
② 伊兹拉岛（Hydra），位于希腊，有"艺术家之岛"的美称。

一个长着橘子树和柠檬树的院子里吃早餐，有烤吐司、蜂蜜、黑咖啡。白天她们租了一条船，去一个毫无遮挡的沙滩上，但这并不让她们不舒服，九月初的水是温热的，她们一待就是好几个小时，只吃番茄沙拉和沾满糖粉的杏仁可颂。夜幕降临时，阳光变成了金色，但是，关于科隆布和父亲度过的这最后一个假期，只留下这张她们两个人骑驴子的照片，以及她的恼火。那个女人横亘在她的父亲和她之间。

科隆布无法记起某次不间断的对话，无法记起穿着泳衣、享受大海和阳光的父亲，但是她记得那个女人的脸，一个有着小巧而优雅的脸蛋的柏林女人，金色的头发近乎发白，奶白色的亚麻衣服，有一个与她们同龄的儿子，他告诉她们他的父母刚刚离婚，确切来说，是他的父亲离开了他的母亲，和另一个女人在一起了。他母亲同科隆布父亲之间的爱情给她带来了许多的安慰。科隆布没有生出怜悯之情。

冬天的时候，科隆布的父亲邀请这位长着又细又软、近乎白金头发的优雅柏林女人去了他在谢夫勒斯山谷①的房子，她见到了科隆布的母亲，一下子明白"情况复杂"。她送给科隆布一条米色和粉色花卉图案的真丝薄纱围巾。科隆布把它留了很久很久，直到它找不见了，就像许多其他东西一样，不知不觉中，某一天，就会消失不见。

1989

"啊？真的吗？啊，你还记得？"科隆布惊呼。

"对啊，你和我讲过这件事。"

"哦，不过是一种一点都不严重的脑膜炎。"

科隆布不敢告诉埃洛伊兹，十一岁的时候她对她撒了谎，她根本没有得什么脑膜炎，她之所以对她撒谎，是为了让她刮目相看，让她对她产生钦佩之情。

1990

从九月到六月，科隆布的父亲一直都在医院里，

---

① 位于法兰西岛大区伊夫林省谢夫勒斯小城，是法国著名自然公园的所在地。

她每天都去看望他。

她的父亲不可能死，她对此深信不疑。她的母亲没有告诉她医生们的话。她只说一些模棱两可的令人安心的话。

一天，他可以离开医院，去谢夫勒斯山谷的房子同家人待一天。科隆布不明白他是在和她道别。

她的母亲没有告诉她，他去世了，一切都结束了。

科隆布没有看到父亲的遗体。

葬礼之后，埃洛伊兹很担心，为什么科隆布看起来一点都不悲伤，为什么她不哭？

科隆布告诉她，她依然可以继续想念他，和他说话，他也会回应她，所以为何要悲伤？

她确信这一切不过是一种挫折，她的爸爸还会回来。

她没有告诉遇见的人，她的父亲去世了。也许是她觉得羞耻。她再也不是正常人了。

她们俩去埃洛伊兹父母位于圣特罗佩的房子度假。埃洛伊兹的父亲带她们逛各种商店，还想送一份礼物给科隆布，但是科隆布什么都不想要。

1992

她们从高等专门学校毕业，投出第一份简历，靠父母或者父母的朋友在有名的大公司实习，她们的事业蒸蒸日上，她们野心勃勃。

埃洛伊兹和科隆布毫不怀疑，她们与同龄的男孩是平等的。

埃洛伊兹就职于一家大牌美妆公司的市场部。有一天，一个毕业学校不如她的男生告诉了她他的工资，比她的高百分之十五，她不禁大吃一惊。

科隆布在一个电视节目担任记者。一位摄影师告诉她他的父亲是邮递员。科隆布笑了，这是她第一次认识一个邮递员的儿子。这种笑是她最大的羞耻之一，最大的懊悔之一。她很想要把它抹除。

1992

科隆布爱上了一个男人，他比她大十四岁，是英国人。一天，他对她说他爱她，他背对着她，看着自己的脚。又一天，他们站在83路公交车上，被堵在塞夫尔－巴比伦地铁站外，他对她说，我们还是做朋友吧。科隆布转向车窗，不想让他看到她在流泪，她看到正在穿马路的埃洛伊兹，她好想从公交车的车窗跳下去，紧紧抱住朋友。

1992—2007

科隆布和埃洛伊兹见面的次数越来越少。

她们开始了自己的职业生涯，她们结了婚，她们生了孩子，她们上班。

房贷申请下来了，再加上家里的支持，她们买下了不错的公寓，在不错的街区——埃洛伊兹的在卢森堡公园附近（因为她父母提供的资助更多），科隆布的在蒙马特。公寓有一个可以烧饭的厨房，每个孩子都有自己的房间，浴室的地面铺着某个周末在马拉喀什①买的瓷砖，她们的婚纱挂在衣服防尘套里，她们的丈夫看《世界报》，吟诵马拉美的诗

---

① 摩洛哥城市。——编者注

歌，她们在合适的时候怀上孩子，在拉穆埃特私人诊所分娩，接受硬膜外麻醉，买 Bonpoint[①] 三个月新生儿的开司米羊绒开衫，购置木质仿古围栏小床。下班后，科隆布和埃洛伊兹弯腰推着婴儿车，身上挂着购物包，时不时停下来抱一下孩子，时刻保持着警惕，去最好的肉店买一块嫩嫩的肉。她们摆好餐桌，烤好肉，换尿布，没什么东西让她们觉得讨厌，孩子的屎尿也是一种乐事，她们给孩子最后一个吻、最后一次爱抚，付钱给拿着吸尘器的清洁女工，但是在这之前，是她们打扫了浴缸、厕所，洗碗机轰隆作响，她们很累，丈夫终于回来了，烤肉冷了，责备声，衬衫不干净，责备声，长棍面包不新鲜，责备声，黄油有怪味，责备声，她们收拾桌子，他有一通重要的电话要打，她们躺下睡觉，推开丈夫抚摸她们的大腿并试图一直往上的手，早上，她们好不容易醒来，她们把牛奶洒在了地砖上，她们独自一人，又慌又乱，她们是否能处理好一切？她们对孩子大喊大叫，他们上学要迟到了，别人很

---

① 法国著名高奢童装品牌。

难相信这一切，两个布尔乔亚女人明明住着漂亮公寓，公寓里装着Conran①的柜子，光滑，坚固，抽屉关合不会发出噪音，轻轻咔嚓一声就关上了，毫不费力，她们做的这一切都是看不见的，甚至她们自己也拒绝承认这一点。她们有负疚感，孩子感冒是因为她们没有盖好被子，孩子长虱子是因为她们没有注意。有时爱情会重现，丈夫送各种颜色的郁金香、金戒指，他们一起去威尼斯，他们为自己可爱的妻子订一间有天篷床的房间，她们的乳房小了一个尺寸，他们永远都不会离开她们，她们就是家，是基石，是他们孩子的母亲，但是她们并不有趣，她们令人厌烦且疲惫不堪，和其他女人做爱不算什么，他们回家很迟，他们小心谨慎，但并不总是如此，他们渴望被抓个正着，渴望把一切摧毁，布尔乔亚的婚姻，这个令人无法忍受的监狱，它囚禁了多少男男女女，总是不断重复的同样的对话，同样的假期，同样的物欲，一个比之前更贵的新包，一张比之前更贵的新扶手椅，无聊，她们并不总是有

---

① 英国著名家具品牌。

时间洗头，在餐桌上，她们的丈夫滔滔不绝，一旦她们想要说点什么，他们就会立刻打断，缄默是更加容易的事。

那位调查员还没退休，她来得不早也不迟。她很失望，她原本希望，鉴于埃洛伊兹和科隆布的教育、文凭、阶级、人脉，她们应该可以摆脱作为女性、妻子和母亲的处境。她们三十岁、三十五岁、四十岁，脑袋耷拉着，佝偻着，她们沉默不语、了无生气。她曾经以为，凭借她们的社会地位和金钱，她们会更加自由，不那么盲目，她们的丈夫会更加前卫，制度对于她们而言不会那么窒息，而且她们会反抗，找到别的位置。金钱和阶级并未改变什么，她们被自己的性别榨干了。

2001

医生清晰地解释道：您的母亲会慢慢陷入昏迷，不会感觉到身体的疼痛，我会建议她接受舒缓治疗。请您待在这里，陪伴她，可以请护工。还有六个月的时间。

他又补充道：

"别告诉她她就要死了。"

慢慢地，科隆布的母亲，从前的那个她，发生了变化，这是一段漫长又绝望的临终时光，感觉到她在一点点消失是一种折磨，确实没有身体上的痛苦，但是心理上的痛苦却无穷无尽。

医生宣告说，她的母亲即将死去，就是这样，没有所谓的希望，但至少有一件事是确定的，那就是她即将死去，这一真相让科隆布松了一口气。她可以做好心理准备。

但是科隆布的母亲大概已经有所感觉，然而她的意识已经越来越模糊，她会重复相同的话和相同的问题，等明白这一切时已经太晚，她泪如泉涌，她的精神在消失，大限已至，但是没有人明明白白地告诉她这一切。她闭上眼睛，两天前开始就没有动过，没有吃过。自从她生病闭门不出后，科隆布的儿子，一个两岁的小男孩，每次来看望外婆，都会把自己的衣服脱了，光着身子躺在外婆身上，把自己的脑袋放在她的胸口，张开两只手臂，以触及更多肌肤。她一开始一动不动，任由外孙光溜溜的身体占据，然后她抬起右手，握住心爱的外孙的手臂，这个从来都只喊孩子名字的腼腆女人，就是这么跟外孙打招呼的。

埃洛伊兹，当她之后再说到在科隆布母亲的病房里度过的那几个月，她想到的是西尔维和法蒂，他们被雇来陪伴即将去世的那个女人以及她的亲人，他们宽慰病人，听科隆布说话，清洗病人的身体，做饭，让房子保持干净，他们待在那里，开门，在房间里陪伴病人，关门，在合适的时候查看一下情况，同白班护士和夜班护士讨论病情，帮忙填表格，安慰大家，每天更换细棉布床单被套，端来一杯装在陶瓷杯里的热咖啡，配套的小碟子上放着一块饼干，并且说，这不是你的错，你已经竭尽全力来面对死亡，面对你自己的生活了。

埃洛伊兹会记得那几个月昏暗而宽敞的房间里的温柔时光。

另一个朋友询问她的近况。科隆布叹了一口气。

"哎，不是很好。"

朋友很吃惊，回答说：

"啊对，是因为那件事吧。"

科隆布明白所谓的那件事，因为太令人讨厌，所以都无法说明，就是她母亲的死亡。

2002

科隆布继承了一大笔钱。她松了一口气，以后她不会那么焦虑了，她对此很确定，现在她账户里有钱了，在此之前她一直入不敷出，但是她也觉得不自在。公证员对她说，这笔掉到她口袋里、得来毫不费劲无须付出的钱属于她去世的父母，是两位辛勤一生的成果。钱在银行的一个账户里，公证员说完之后，银行的工作人员对她说投资理财、人寿保险的事，但她没法听进去，也没法集中注意力。她不在乎这些。但是她给自己买了一双红色的靴子，一个红色的新皮包。她觉得不自在，但是还不至于把这笔钱捐给慈善组织，她留下这笔钱，花这笔钱，她将给自己在巴黎买一间公寓。她知道，从此以后她同自己的同事不一样了，她是一个继承者，而她的大部分同事只有自己挣的工资。

2005

科隆布和丈夫以及两个孩子搬到了左岸的一间大公寓，和她父母的那间公寓很相似，而且就在她曾经长大住过的公寓附近。她让两个儿子在阿尔萨斯中学注册入学，这很方便，就在家旁边。科隆布和埃洛伊兹又成了邻居，她们的孩子和她们一样在同一所学校读书。

科隆布就职于一家电视台的编辑部。她的男上司告诉她，我付你薪水不是因为你的思想。

埃洛伊兹就职于一家知名的咨询公司，她的女上司告诉她，我喜欢和出身优越的女孩子工作，因为她们友善且顺从。

2006

她们俩庆祝自己的四十岁生日，她们依旧没有一点皱纹。同她们相同出身、拥有相同文凭和相同经历的同龄男人都比她们挣得多，都当上了领导，但是她们没有，她们并不觉得这不公平，她们认为这很正常。他们在办公室的时间比她们更长，他们有更多的权威，他们自信满满，他们说话从来不犹豫，而她们必须匆匆忙忙赶回家照顾孩子，她们觉得自己又丑又无用。

一家媒体杂志的负责人提议让科隆布负责一个专栏，但是他不喜欢她发给他的文章。科隆布坚持写下去，因为把电脑放在膝盖上写作的时候，她感觉很好。没有人，比如她的上司，和她说这不好。没有人，比如她的丈夫，和她说这不是他期望她做的事。她写了一些关于祖父的事。她并不了解他，她的父亲从未同她说起过她的祖父。她不知道这些写下的东西是否可以成为一本书，抑或什么都不是。她问丈夫的意见，他回答说这什么都不是。但她还是把它寄给了一位编辑。她认为他要更宽容，因为几年前，他曾追求过她。这位编辑向她保证这就是一本书。科隆布明白自己不得不在丈夫和写书之间做出选择，她不可能两者兼得。书出版了，还得了奖。埃洛伊兹陪她去参加颁奖典礼，又同她一起回

家，她们没有怎么交谈。她们两个人都在为接下去
要发生的事而焦虑。

2006

埃洛伊兹有着非同寻常的勇气，其中还夹杂着
一种无与伦比的天真，这曾让科隆布很担心。因为
埃洛伊兹不会撒谎，所以她想不到有人会在她面前
撒谎。

埃洛伊兹对科隆布说：

"我丈夫真可怜，他在汽车里睡着了，在那里睡
了一夜。他工作太认真，太累了。"

科隆布发现了放在办公桌上的一张巴黎某家旅
馆的住宿发票。她颤抖了一下，为什么她的丈夫会
睡在巴黎的一家旅馆里？发票上写着的"单人房"
让她放下心来，她觉得那么狭小的一张床，肯定只
能睡他一个人，至于原因她也不知道，她无法了解
他的一切。她始终坚持己见。他没有对她不忠，她
一直如此相信着，直到有一天，接受真相对她而言

反而成了一件好事，自己可以不必产生负疚感。她有了一个情人。

2007

同一年，科隆布和埃洛伊兹各自离开了不敢离开她们的丈夫。

之后，她们遇到了其他一些男人。

社会调查员从中看到了一种令她满意的反抗。

2008

她们又开始一起度假。

埃洛伊兹的父母是圣特罗佩海滩俱乐部的成员。他们在入口处有一个帐篷。

对于一直住在那里的人而言，这些都是最好的帐篷。

巴乌的房子不再是个问题。他们是海角区的业主，他们一直以来都属于圣特罗佩。早在这股潮流之前，在 1951 年，埃洛伊兹的祖母就在蓬什买了一栋小小的乡村房子。规则是，很久之前就得在这里。您永远都可以遇到比您晚来的人，您和善地看着他们，但是瞧不起他们，如果您遇到比您先来这里的人，他们就会让您恼火。

重要的是，成为俱乐部的成员，以及您的帐篷有一个好位置。

给游客和新近加入俱乐部的成员的帐篷位于海滩的尽头。

自从1979年科隆布去埃洛伊兹家度假以来，一直是同一个帐篷。一座小小的房子，由白色和深橘色相间的宽条纹篷布组成，两个更衣室，里面装着搁板，上面放着几把梳子（干净，没有头发）、防晒霜（当季刚买的，不是那种里面的乳霜已经干掉发黄、一拧开盖子就会冒出来的旧瓶子）、镜子、叠得整整齐齐装在塑料袋里的泳衣以及极其柔软的、明亮皇室蓝镶边的白毛巾。

前面是一个露台，两把长椅，两根布绳，一张玻璃桌，午餐时间，穿西装的服务生会在上面铺上桌布，摆上俱乐部三明治、尼斯三明治、凯撒沙拉、番茄酱、薯条、芥末、可口可乐、七喜。

帐篷都靠得很近，可以听到意大利语、俄语、英语、德语、阿拉伯语、法语、中文。海景被其他帐篷、笑声、快乐的呼喊声、喧闹、打牌、戏水挡住了；富人的身体并不比穷人的身体更好看。

科隆布和埃洛伊兹同她们的孩子待在一起。

他们要吃薯条，他们要吃冰激凌，他们要游泳圈，他们不想要在帐篷里打牌，他们不想要保持安静，他们不想要看《汤姆－汤姆和娜娜》①，他们不想要休息，他们不想要安静五分钟，既听不到彼此在说什么，也不能相互交谈。

在俱乐部里，有世界上最漂亮的游泳池，五十米长的海水。

大家去了那里。

科隆布担心孩子溺水。

科隆布的女儿五岁，她想学游泳。科隆布对她说，她还太小了，但埃洛伊兹恰恰相反，她鼓励她学游泳，给她讲解蛙泳的动作。小女孩跳进了泳池，开始游泳，吞了几口水，又吐出来，坚持不懈，埃

---

① 《汤姆－汤姆和娜娜》（*Tom-Tom et Nana*），法国著名的少儿连环画。

洛伊兹紧跟着她，不离开一步。科隆布在更远的地方，谨慎小心。科隆布心生恐惧，而埃洛伊兹一直在称赞孩子，热情满满。之后，留在记忆中的是埃洛伊兹的热情、闪闪发光的赞美，是这个夏日的午后，是海水生动的蓝色，这些回忆充满了力量，以至于挣脱开来，朝着科隆布飞来，穿过白橘相间的篷布，穿过数个冬季，一直来到眼前。

2009

科隆布同一个男人因内政部长布里斯·奥尔特弗的宣言发生了争吵，布里斯·奥尔特弗提议剥夺有多个配偶的男人的法国国籍。

争吵的声音越来越高。

这个男人抓住她的手臂，微笑着对她说，我来和你解释应该如何思考。

科隆布回答道，我不赞成。

她惊讶地听到自己如此确定的声音。

"我不赞成。"

这么长时间以来，她第一次说这样的话。

最后一次说不，我不赞成，或者不，我不愿意，还是在她父亲去世之前，那时她以为自己是个天才。

2010

埃洛伊兹身材瘦小，喜欢运动，有着孩子般的笑容，常常会对别人的粗鲁感到吃惊。

埃洛伊兹和科隆布在埃洛伊兹父亲的船上，埃洛伊兹把科隆布拉到一边，在她耳边悄悄地说：快向我爸爸称赞他的驾驶技术，这肯定会让他特别开心。科隆布很吃惊，她竟然会如此在意父亲的感受。即使科隆布的父亲还在世，她也不太可能会如此考虑父亲的感受。

2011

埃洛伊兹告诉科隆布：

"我爸爸快不行了。"

葬礼过后，埃洛伊兹对科隆布祖露心声：

"你爸爸去世的时候，我没有在你身边。做得不够多。"

"不是这样的，你一直都在我身边。"

短短几年时间，埃洛伊兹和所爱的、所欣赏的丈夫离了婚，她所爱的、所欣赏的父亲也离开了人世。

科隆布建议她去看心理医生。

埃洛伊兹同意了，但是看医生没有让她更好受。很快她就不再去了。

悲伤并没有阻挡她继续爱情冒险，引诱、陷入爱河、做爱，但那个拒绝湮灭的遗憾一直都在，那个欺骗了她、不再爱她的男人爱上了另一个女人，他再也不属于她了。

这天是她即将分开的丈夫的生日。埃洛伊兹想要买一件礼物。她列了一张礼物备选清单给科隆布看，礼物都很奢华。

2013

科隆布被解雇了，她心想自己是不是就这么完蛋了。

埃洛伊兹提出帮她，她可以请她的大表哥见她，给她一些建议，他认识的某个人认识她所在公司的总经理，他也认识她可以求职的那家竞争公司的总经理，她还可以借钱给她。

"科隆布，没有工作，没有丈夫，没有家人，你要怎么办？"

科隆布回答说，一切都好，虽然这不是事实，其实一切都很艰难，但是对她而言，承认这一事实更加艰难。她希望她们能换一个话题。

2015

埃洛伊兹和科隆布在谢夫勒斯山谷的一片森林里散步。

早上科隆布打电话给埃洛伊兹，终于对她说出了实话：

"我受不了了，我没法再坚持下去了，太痛苦了。"

埃洛伊兹回答道：

"我就来。"

她去见了科隆布，她们一起去散步，欧石楠、蕨类植物、桦树、橡树。

"科隆布，你不能自己一个人对抗一切。把战斗留给重要的事，其他的事就别管了。你得照顾孩子。你得工作、挣钱。其他的事，你就别管了。"

科隆布一般不会愿意听别人的话，但这次她听从了建议。

正是初秋时节，一切都如此简单。

科隆布平躺在林中空地上，张开手臂和腿。

埃洛伊兹坐在她身边。

科隆布感觉到血液在身体里流动。

她很惊讶，一切竟然如此简单。

埃洛伊兹只是和她说：

"别管了。"

后来，科隆布总喜欢一次次和埃洛伊兹说，是她让她懂得：每个人都可以有一些缺点。

2015

科隆布出版了一部关于她父亲的书，她接受了一位女记者的采访。她们坐在她公寓的厨房里，一间铺了亮色地砖的大房间，放着六十年代的大理石餐桌。

记者问她：

"您出身于一个布尔乔亚家庭吗？"

她回答道，语气十分确定：

"不，根本不是。我是移民的后代。"

记者坚持问下去：

"大家都认为别人才是布尔乔亚，布尔乔亚总是受人诟病，比起自己别人更像是布尔乔亚。"

这位记者说得有道理。她是一个布尔乔亚。

2015

埃洛伊兹来和科隆布以及科隆布的孩子一起吃晚饭。她在厨房里，焦躁不安，她要发一封邮件，同时还在等另一封邮件，她一直把手机拿在手上；她在一家制药公司的传播部工作，直系下属想要夺取她的职位，一个厚颜无耻的女孩，常常拍总经理的马屁，穿着暴露，抄袭她的报告，写上自己的名字，这么做不太好，难道不是吗？我要不要说出来？你觉得我要不要辞职？

她的展示、她的资料、她的分析、她的推荐、她做的PPT，一切都很完美，但是她总是觉得失望，或者更确切地说，她总是觉得自己对于别人而言是一种失望的存在。

在科隆布的朋友中，埃洛伊兹是最最认真的一个，她不幽默，但是她常常笑，科隆布不理解她的工作——介于市场与传媒、公共关系与咨询之间，然而埃洛伊兹害羞、保守，对自己一点信心都没有。

在说这些事的时候，她详细地解释了因为某些模糊的理由而离职的那些公司的战略，科隆布假装在听她说，假装表示赞同。她一直很欣赏埃洛伊兹，是有着一个别的原因。

十五岁以后，埃洛伊兹的穿着就像一个成熟的女士，穿的是祖母定制的套装，一点都不性感，没有迷你裙，没有低领衣服，就是一个想打扮成成熟女士的小女孩。她戴着沉甸甸的首饰，金光闪闪的那种，化妆，戴帽子，穿连裤袜，但这些其实并不符合巴黎社交圈的品味。离婚后，埃洛伊兹有过好几个羞怯的恋人，她换恋人就和换公司一样频繁。

她向科隆布详细地解释分手的理由，科隆布听她说着，很着迷。他在某些方面不够好，比如，不够耀眼，不够有文化，不够有趣，他在另一些方面也不够好，比如，不如她前夫有才，不如她父亲有才。科隆布打断她，称赞她这天大的好运，让她现在拥有一个爱她的男人。正是在这方面，在与男人的关系中，在她的欲望中，埃洛伊兹，这个扣紧真丝衬衫纽扣、裙子从来不会过短的人，充分享受着她的自由，而科隆布呢，她穿衣领开到胸前的棉质薄纱衬衫，但是更加受约束。

　　科隆布问自己的朋友，可是你自己呢，你到底想做什么，你可以选择，你什么都可以做，你很聪明，你有很好的文凭（她觉得埃洛伊兹和她一样，可以选择一切、决定一切、完成一切），但是埃洛伊兹不做选择，她任由自己被认真的秉性、受过的良好教育、很好的文凭、领英上的招聘广告以及种种疑虑带着向前走，她的能力总是远远高于被录用的职位，薪水也总是低于应得的，她的直系男上司传简讯过来了，并不是她期待的回复，不会把重要的任务交给她，而是会交给那个"厚颜无耻的"女孩。

终于，埃洛伊兹坐了下来，向科隆布的孩子提了一些问题，一些非常明确的问题，听他们回答，抽烟，把她儿子之前准备的资料给了科隆布想要申请巴黎政治学院的大儿子。埃洛伊兹的儿子和她一样一次就被录取了。

第二天，埃洛伊兹打电话问科隆布：

"你有没有觉得反胃恶心？"

"没有啊。"

"为什么我总觉得想吐。"

"是不是肠胃炎？是因为昨天晚上的晚餐？"

"我这样已经有三个星期了。你觉得肠胃炎三个星期还没好正常吗？"

"呃，我不知道。也许是的。也许这很正常。"

2015

科隆布走出 Franprix[①]，正是晚上七点，一个符

---

① 法国著名的小型连锁超市，在巴黎分布较密。

合一切期待的十一月夜晚，棕色，潮湿，疲倦。她的包里装着一份普通的晚餐，鸡胸肉，米饭。埃洛伊兹打电话给她，她接了，因为她们和对方聊天时，始终还是十一岁的样子，虽然她们现在已经四十九岁了，回到从前是一件幸福的事。埃洛伊兹的语调清亮、直接、悦耳、讶异，是她一贯的语调，或许说话的节奏更快、更紧张。

"到处都是。"

"什么到处都是？"

"病症。"

科隆布回答说是的，但是信息并没有进入她的大脑，有一个栅栏矗立着，"病症"这个词在抵达理解核心之前已经被碾碎了。"病症"这个词，与"淋巴结""血液""致死""肺"这些词相连，但是所有这些词之间的关联，她的大脑无法建立。科隆布挂断了电话，就像正常的生活依然在继续，在那里死亡并不存在，她坐上地铁，把她在 Franprix 买的东西放在厨房的桌子上，而在此刻，当她把巧克力酸奶放进冰箱时，其中的关联建立了起来，她感到一阵恶心，她想打电话给埃洛伊兹，但是现在是她感觉恶心，她得了埃洛伊兹和她说过的那种无止境的肠胃炎。科隆布很害怕，她别无选择，只能打电话给埃洛伊兹，向她询问那个她自己已经知道答案的问题，埃洛伊兹向她证实了她并不想要知道的事。

"你得了什么病？严重吗？"

埃洛伊兹重复道：

"是的，很严重。已经扩散了。"

科隆布向埃洛伊兹的家走去，她们两个人分别住在卢森堡公园的两边，科隆布住在皇家港口站，埃洛伊兹住在瓦万站。

十一岁之后，她们俩的生活差不多，两个人都有顺利的时候，也有遇到麻烦的时候，但是那一刻，在蒙帕纳斯林荫大道上，在瓦万站和皇家港口站之间，再也没有什么可比性、相似性、领先或者落后，只有科隆布愤怒地称之为背叛的东西。

要如何面对死亡？它就在那里，野蛮无理，无比真实，没有任何办法能逃离。

埃洛伊兹打开门，她们没有拥抱彼此，她们从来不相互拥抱，她们就站在那里。

埃洛伊兹先开口说话：

"我不害怕死。"

"我会和病魔作战。"

"坚持到底。"

"在此期间，我会好好活着。"

"我想去旅行。"

"还有许多地方我不认识呢。"

"是这样。"

埃洛伊兹那个英俊的表哥来了，他们要一起和孩子们说这件事，告诉他们妈妈病了。

科隆布离开了埃洛伊兹的家，让他来负责这件事，她松了一口气。

正常的生活是一无所知的生活，是不能预测即将发生什么的生活，是一切都在不断变化、改变的生活，广播里传来史蒂夫·旺达的《温柔夏日》，歌声把你带向别处，失去的爱情，地铁来晚了，某个男同事打来的电话里全是责备，因不被理解而恼怒，脖子过敏，无法缓解的瘙痒，这就是正常的生活，痛苦、缓和，两者交替，忽然，这个天平在最后一次摇摆中不动了，确定性是一种圈套，死亡出现，撕裂剩下的一切，只有死亡还在。

就这样结束了，一切就此停止。可是实在过早了。这些老人都能活这么久，为什么我们不能？

她们还不到五十岁，因为用了品质很好、颜色自然的染发剂，基本看不出有白发，光滑的脸蛋表明她们过着无可挑剔的健康生活，很淡的黑眼圈意味着她们每天都早早睡觉，她们腿上的毛都褪去了，她们的乳房不大——也就是说不太容易长肿瘤，她们晚餐吃大葱、新鲜的三文鱼和猕猴桃，每天一杯红酒，正如所有的医生所建议的那样，可是这么年轻她们难道就要死了？

她们都是乖乖女，夜里睡觉，做作业，不打耳洞，大学期间没有留级，不让人操心，对于她们的父母而言"一切都不错"，她们曾扑哧扑哧笑着抽过一次大麻，后来她们结了婚，有了孩子、一份工作，她们总是早早睡觉，感到疲惫，她们的丈夫总是不在，孩子还小，之后他们慢慢长大，事情就变简单了，她们离了婚，有了一些爱情故事。

她的病不是因为过往生活中发生的事。它并不是因为某种心理创伤、某种悲痛、某次严重的受伤或是烟酒过度。她得病时，生活幸福，爱情美满，孩子们一切顺利，她有一份工作，没有金钱上的烦恼。她有过一些痛苦。她失去了父亲、丈夫。这些都是生活中常见的痛苦，有限度的痛苦，并不是那种会引发致命疾病的痛苦。否则，每个人都会生病。

她绝对不是那种"行为冒失的人"，她温和、认真，缺乏自信，但这并不是她得重病的理由。

一天，埃洛伊兹因为自己一直感觉恶心而忧心忡忡，这种症状已经持续三个星期了（但是科隆布觉得埃洛伊兹总是无缘无故地担忧，就好像她自己不是这样）。

两周后，医生告诉她，已经扩散到肝脏、骨头和肺，没有治疗方法，不可以动手术，埃洛伊兹"像是从高处摔了下来"[1]，这个俗语实在很贴切，科

---

[1] 原文是 tombe de haut，字面意思是"从高处摔下来"，也可以表示"幻灭、挫败"。

隆布一时"没有回过神"①，这个俗语也非常贴切。
"从埃洛伊兹过去的生活看，"没有人可以说，"她
生活不节制"。从她过去的生活看，她应该可以活到
一百二十岁。真让人气愤，我们不能任它摆布，科
隆布大喊道，但是她搞错了，不是她生病，不是她
即将死去。

和科隆布不同，埃洛伊兹并不觉得生气。

埃洛伊兹知道没有什么道理、原因可言，运气
不好而已，命运使然，就是这样。

2016

医生诊断后的第一个月，死亡拒绝任何退让，
但是，大家都不愿意听之任之，最最微小的正面信
息都会被放大，必要时甚至会被篡改。大家聆听并
记下适合的、与希望听到的故事相符合的数据。每
个人都编造属于她的神话，"她可以战胜病魔"，他
们记录、反复叙述可以证明这一结果的事实，哪怕

---

① 原文是 ne pas en revenir，字面意思是"没有再从那里回来"，也
可以表示"惊讶、吃惊"。

它们单薄、模糊、不可靠。其他的事实，那些竟敢与你的期望反着来的事实，都是可以无视的，你否认它们，认为它们单薄、模糊、不可靠，但显然，它们庞大、确定、不容置疑。

埃洛伊兹完全不可能战胜病魔。

命运之轮再次转动。

你相信它，这是对的；把自己和只有你才能理解的那些小石头联系在一起，这是对的。你疯狂而天真，在混乱的征兆中看到一个幸福的未来，这是对的。其实你并不疯狂，也不天真。这只是运气的问题。一点点微不足道的事就可以从一种状态变成另一种状态，从疾病、死亡变成生命，从悲剧变成快乐，从蠢货变成强大的人。

第一场奇迹发生了，她的病有了新的治疗方法。这是埃洛伊兹在电话里告诉科隆布的。一些药片的副作用特别荒谬，如皮肤干燥、毛发浓密，她都觉得好笑。她们变得不理智也是可以理解的。

埃洛伊兹重复着这些神奇的词，细胞是死去的星球。

让我们回到一种死亡并不存在的正常生活吧。

爱情。

埃洛伊兹有一个新的恋人，他的优势在于，他同她一直暗暗喜欢的第一个丈夫的名字相同，而且和她那位非常英俊、非常慷慨的表哥长得很像。

从一月到夏末，埃洛伊兹和科隆布都痴迷于这位新恋人，埃洛伊兹在得知自己患了绝症的两周前认识了他，而他并没有被吓跑。

科隆布也有了一个新恋人。

2016

埃洛伊兹的恋人租了一条船，她抽了几根烟。她的身体纤细，肌肉发达，她跳入地中海，漂浮在水上。埃洛伊兹目光灼灼，告诉科隆布，在此之前从来没有一个男人如此这般对我，他一连好几个小时都注视着我，把我抱在怀里，他一直这么做，不知疲倦。

埃洛伊兹非常幸福。

度假回来后，埃洛伊兹开始咳嗽，第一种治疗方案没那么有效了，她的医生建议她尝试第二代药物。

埃洛伊兹在找工作，最终找到了，她打电话给科隆布，告诉她新的工作任务、停车问题、同事问题。科隆布摁了免提，洗手，擦干，抓紧时间想一个合理的应答。

她们在电话里聊天，就像从前那样（那时还未想到过死亡）。

之后情况不那么好了。

治疗对于埃洛伊兹而言不再有效。

死亡又回到了她的生活中，但是医生并没有使用"不治之症"这样的表达，他们说着一种奇怪的语言，需要不断地翻译，他们提到"关键预后""治疗僵局""死亡率"，并且否认这一切"已经出现"。

"死亡"这个词从未被说出过、提起过、表达过、询问过，它从谈话中消失了，就好像这是一个生词，但实际上死亡从未如此清晰地出现在面前。

埃洛伊兹无法向任何人问：

死亡会痛吗？

是否有必要同死亡说说话，和它商量商量？

应该怎么为死亡做准备？

当死亡出现、必须同生命说再见的时候，应该做些什么？

2017

她们约在科尚医院前见面，马上要进入新治疗的第一阶段。

科隆布提出陪她去医院，这是她忘记自己烦恼事的唯一方法。前一天晚上，她的恋人把她甩了。之前的好几个月，他一直对她说她是"他的真命天女"，但是昨天晚上他狠狠地让她"别再哭哭啼啼了"。科隆布想死，紧接着又为自己竟然有这样的想法感到羞愧。

这是六月末酷热的一天，科隆布等着埃洛伊兹，她迟到了。她们已经有十天没见。她看到一个肚子特别鼓的孕妇，从头到脚都裹着黑布，身旁是一个穿着运动短裤、牵着一个小孩的男人，然后她看到一个瘦弱佝偻的身影，她一下子没有认出来，那个人看起来年纪很大。那是埃洛伊兹，她的腿很痛，癌细胞已经扩散到股骨，但是她走路过来，因为她的家离医院特别近，她不敢叫出租车。埃洛伊兹靠在科隆布的手臂上，她们一小步一小步挪到了做治疗的地方。那里总算凉快了些，电梯运作正常，一位护士很和善地接待了她们，她把埃洛伊兹安置在一把罩着杏仁绿塑料膜的大扶手椅上，窗户正对着一棵树。护士准备给埃洛伊兹输液的时候，科隆布出去了，在一个餐厅兼等候室兼咖啡厅里坐下，那里有微波炉、自动贩卖机、巧克力的味道，以及四张树脂桌面的桌子。一张海报上写着如何管理治疗的信息和建议。科隆布用鼻子慢慢地吸气，然后从嘴巴里吐出来，这是别人教她的应对这种情况的方法。一位穿着白大褂的女士问她是不是来治疗的，是不是在排队等候。

科隆布回到了埃洛伊兹的身边，她仔细端详朋友的脸，她的鼻梁更尖了，下巴的轮廓也更加明显了，她是否能做些什么？

当然能，这让科隆布好受了些。

埃洛伊兹忘了带手机充电器，她一时惊慌失措。科隆布提议去帮她拿，她走到外面，一开始还很开心终于可以不用面对她不必承受的治疗，但是外面并不更好，酷热难耐，两种悲伤混在一起，科隆布完全不可能将它们区分开来。为埃洛伊兹的疾病感到悲伤，为一通电话就终结了的爱情感到悲伤。她走得很快，不得不打电话给埃洛伊兹，因为她忘记了门的密码，后来她又打了一次电话，因为打不开公寓的门，埃洛伊兹告诉她正确的钥匙是哪把，科隆布第一次独自一人在朋友的家里。

她看着摆在五斗柜上的一个个银边相框。

婚礼那天埃洛伊兹戴大礼帽的丈夫，穿着束腰缎子长裙的埃洛伊兹，她的裙子实在太漂亮了，以至于她先穿着裙子给乐蓬马歇百货商场拍了广告。

两个戴着风雪帽的小孩，一顶蓝色，一顶红色，遮住了他们的额头和脸颊。

还有一张照片上是二十岁时的埃洛伊兹和科隆布，她们穿着泳衣，两人依偎着躺在一片海滩上。

在埃洛伊兹的房间里，科隆布按照埃洛伊兹说的那样，在床旁边找充电器。她拿起几叠书，一条金项链，她拿在手里掂了掂。这正是埃洛伊兹在那张穿泳衣的照片上戴的项链，一条粗粗的链条状项链，和她纤细的身体形成了鲜明的对比，她心想埃洛伊兹死后谁会继承这条项链。她没有找到充电器。

　　浴室里的洗手台上，放着一些昂贵的乳霜，科隆布平时在药妆店买乳霜。她看着金色字体的品牌名字，阅读精油的说明书，效果神奇的精华液，她打开一支粉色的口红，充电器当然不可能在写着迪奥字样的面霜瓶子里，但她控制不住自己，她把黏糊糊的手指伸进珠光色的面霜里，然后涂抹在眉间，那里出现了一道皱纹。充电器就在那里，在白色大理石桌子上。她犹豫要不要看看衣橱，开司米套头毛衫，从祖母那里继承来的香奈儿套装，它们一直都挂在那里。科隆布伸出手正要去摸羊毛衫的金色丝线，忽然听到有人进来了，她盖好面霜的盖子，关上衣橱的门。是埃洛伊兹的小儿子。科隆布对他解释她为何会在他母亲的盥洗室里，然后就飞也似的逃走了，再一次置身于火炉一般的大街上，望见

"肿瘤科"的牌子，搭上电梯。埃洛伊兹对科隆布表示感谢，她现在想要单独待一会儿，打电话给自己的恋人，科隆布嫉妒她，她会在两个小时后再回来陪她出院，在此期间，她要去蓬图瓦兹路的游泳池游泳，她和前男友常常去那里，她游到某一圈时突然大哭，然后又振作了起来。

2017

检查。

埃洛伊兹向科隆布一一介绍检查扫描仪，没有一点抱怨。

她不是在等待检查就是刚刚检查完毕。这一"前"一"后"有规律地彼此衔接。检查前，总是存在一种悬念。情况是否改善了？肿瘤标记物是否减少了？治疗是否有效？

埃洛伊兹和科隆布一起想象着好消息。每次她们都彼此讲述着诸如此类的故事。肿瘤标记物变得很少很少，很容易就能处理掉。她们一起为可能会变好的一切而激动。埃洛伊兹是不是假装相信这一切好让她的朋友放心？科隆布心里暗暗在想。

检查后，情况总是不好。

但是有新的、效果很好的治疗方法，医生是让人放心的，埃洛伊兹对此很确定。

埃洛伊兹不断向科隆布重复治疗接连失败后医生对她说的话，她并不处在某种"治疗僵局"中。

然后，很快，又开始等待新的检查，又开始抱有希望。

2017

科隆布问她，你还好吗？埃洛伊兹回答，不好。

但是，该做的事她都做。她吃蔬菜，做适量的运动，休息，避免激烈的情绪（仿佛这是可能发生的），按时服药，喝矿泉水，接受一次又一次的治疗。

她并不相信替代疗法（灵气疗法、自然疗法、整骨疗法、机械疗法、大蒜、绿茶、柠檬以及各种祈祷）。她从来没有否认过她所遭遇的事。

她乖巧、理智、顺从、绝望，做着一些不合理的、古怪的计划，我要成为室内设计师，开一家画廊，搬家，离开我的恋人，和我的恋人去印度，她有时甚至公然地抽烟。

她的医生对她说，必须要学会和您的疾病共存。她照做了。

2017

埃洛伊兹观察各种事实，一一列出，一点都不惊慌，某次治疗过程中昏厥，某个清晨起不来，害怕独自一人待在家里，检查，接连不断的检查，病情时好时坏。她像是在一个监狱里，出狱的时间被不断推迟，而我们是她的看守，任由她相信总有一天会自由，尽管她的空间在不停地缩小，每天窗户都在变小，肉眼看不出来，但是只要一周不去看她，再看到她就会发现她的衰弱，呼吸越来越短促，行动越来越迟钝，而我们的谎言也越来越夸张。

她用一种精确的、医学的、技术的语言谈论疾病、治疗、药物名字、效果，她和任何听话的病人一样学习医院的语言，一种科隆布拒绝记住的语言，包含许多 x、y、mo、chi、gly 的词语，埃洛伊兹了解药物的历史、发展、创新，无论是在法国还是在美国，最先进的药物，革新性的药物，试验中的药物，未被批准的药物，在老鼠、小白鼠和猴子身上做试验的药物，死亡人数，手术记录，许可证，实验室，经费，研究员，没有她不了解的事情。

她做事有章法、善于分析、自知自觉、完美主义、井井有条，她并不气愤。她分析如何不大喊大叫地进行战斗。她以很有教养的方式进行战斗，从不屈服，从不放弃，请问，最好的医生是哪一个，最好的医院是哪一家，最好的药物是哪一种，谁有办法能搞到药、能约到医生、能让她接受治疗，这一切她都能搞得一清二楚。

2017

自从生病后，埃洛伊兹就没了勇气，没了力量，也不再多愁善感，这些都是她以前的品质。疾病没有给她带来任何东西，没有让她变好，没有带给她救赎，没有让她更了解自己，它带来的唯一结果就是漫长而痛苦的酷刑。

2017

埃洛伊兹十分痛苦。疼痛是身体上的也是精神上的。它们的症状很严重，程度不一，有时是酸痛，有时是剧痛，有时是麻麻的痛，有时是尖锐的痛，仿佛是在敲、剪、切、锯、甩、拍、打；疼痛漫溢，迸射，渗透一切，在骨头、肺、肝和颅骨中扼住生命。

埃洛伊兹只陈述事实，面无表情：我觉得好痛。有时她会准确地说出哪里痛，胫骨，背下方。

感同身受并不存在，没有人可以站在埃洛伊兹的位置上去感受，更不用说分担她的一部分疼痛。

科隆布无能为力，她无法想象朋友的感受，她不知道这是一种什么样的感觉。一种灼伤，一种撕扯，一种由内而外的断裂，腿上面就像是有钳子在夹，有锤子在敲，永不停止。科隆布书写着这一切，她半躺着，电脑放在大腿上，没有什么击打她，她身体健康，她寻找疼痛、撕裂、痉挛、折磨、酷刑的同义词，来圈定某种无法被分担的东西。她在记忆中搜寻，分娩、扭伤、摔跤，然后发现，身体的疼痛已经被忘记，只有精神的创伤一直复现。

科隆布看着埃洛伊兹，栗色的头发被剪得特别短。曾经总喜欢精心打扮的她完全变了，她回归了青春期那种简单、清爽、无性别的美。她那浅色的大眼睛更加明显，她现在非常美丽，只是疼痛在她的额头上刻下了新的纹路，嘴巴有时会绷紧，咬紧牙关，松开握在一起的手，慢慢抚摸身体，试图缓解骨头撕裂的疼痛、剪切肝脏的绞痛、对肺部的突然挤压，没有任何症状消失，没有任何舒缓的感觉，一切都在爆发、爆炸。

对于他人，疼痛始终无法触及、无法理解。

埃洛伊兹最害怕的，并不是身体的疼痛，而是"失去理智"，是目睹她所是的一部分慢慢瓦解，那个追求准确、认真、条理的自己。

医生建议她进行一种新的疗法。

但是哪一个对她精神的损害更大？是可能会摧

毁她活力的治疗还是可能会摧毁她活力的疾病？

科隆布想起了自己失去的母亲，在生命最后的几个月里，她曾经的自己——她忧郁的幽默感，她对人际关系尖锐但并不尖刻的看法——变了，变得日益迟钝。但是她依然可以展现她所具有的爱，展现她"十分清醒"时因为羞耻或者所受的教育而隐藏的东西。科隆布记得这一切。所以，她的母亲并没有"失去"自我，她只是成了另一个人，一个更加温柔的人，一个更少被她的可怕过往压迫的人。

这一年夏天，医生放弃了最后的治疗，埃洛伊兹一个人待在巴黎，陪伴她的只有恐惧。她问科隆布，你觉得我怎么样？你告诉我，我是不是说话很奇怪，我是不是变成了一个疯子，我是不是在重复说话，我是不是没有理解别人的话。

科隆布听她说话，很认真地听，不，我没有听到什么奇怪的东西。

埃洛伊兹走路越来越困难，但是她依然坚持，要自己走回家，科隆布也就任由她去了，许久之后她才想到她要爬三层楼，埃洛伊兹居住的是一座建于十七世纪的优雅楼房，宽阔的石阶上铺着皇室蓝的地毯，墙壁上挂着复制的画作，画着狩猎的场景、宫廷的场景。没有电梯。她一级一级往上爬。疼痛一阵阵向她不停袭来，吗啡让她恶心呕吐。她是一个饱受折磨却不坦白的女人。

2018

死亡并不存在。但是她就要死了。所有人都知道，只剩几个月的时间。

埃洛伊兹保存了她在网络上看到的关于自己疾病的一切信息，治愈的几率（零），剩余的生命长度（三个月至一年），与临终相关的东西。科隆布也进行了同样的查询。但是关于这一切，她们没有一起交流过。

2018

科隆布、埃洛伊兹和埃洛伊兹的母亲，她们相约一起吃晚饭。她们三个人处在这样一个中间地带，既不是死，也不是生，而是一个模糊的时刻，在这一刻，终结不再是一种遥远的不确定，而是清晰无疑地呈现出来，勾勒出埃洛伊兹的生命所剩下的一切，它的严重性在一切谈话、一切动作中刻下印迹。这是她们最后一次一起吃晚饭，埃洛伊兹为了照顾母亲的心情，还必须假装自己依然抱有一丝幻想，假装自己昨天晚上睡了几个小时。她们分别后，埃洛伊兹回到了自己家，她的母亲对科隆布说，完了，科隆布依然用一种确定的语气大声说：根本不是这样。

2018

埃洛伊兹在科尚医院的房间并不凄凉，也不难看，没有什么难闻的味道。这是一间明亮的大房间，一扇打开的大窗户对着一些栗子树，还有阳光。

埃洛伊兹提到一位第二天要来看望她的朋友，他在一所美国的实验室工作，出现了一种新疗法，新疗法总是具有革命性，她可能因此而好转。科隆布表示赞同，鼓励她，她没有费心去戳穿革命性治疗方案的谎言。

我明天再来看你，科隆布对埃洛伊兹说，然后就逃走了。

科隆布想着所有错过的道别。她父亲最后的目光，他当时在一辆救护车里，在玻璃窗前挥动手臂，那是一道悲伤的目光，她从未见他流露过，作为回应，她露出大大的微笑，就好像他只是去度假。她母亲最后的动作，是紧紧握着科隆布儿子胖乎乎的手。大家假装相信还会再见面，很快就能，大家都微笑着，但她的父亲知道，她的母亲知道，科隆布也知道，只是出于对生者的一种礼貌，他们假装始终与大家在一起。

中世纪时期，大家害怕的是忽然死去，无法做任何准备，无人在旁边说话行动，更不用说最后一次和亲人说话，说一些必须和他们说的话——这样死亡就被驯服了（这是菲利普·阿里埃斯之语）。所以，最害怕的是没有道别就一个人死去。这种无可命名的野蛮死亡正是如今我们的死亡。

2018

埃洛伊兹去世的那天夜晚，科隆布在科尚医院附近晃荡，不敢靠近。她很想去，但她不敢打扰她的家人。她在皇家港口林荫大道上的一把长椅上坐下来，等着埃洛伊兹的母亲打电话给她。

埃洛伊兹的母亲第二天早上给她打来电话。她说话和她女儿一样清晰。她向科隆布转述埃洛伊兹对她说的话。她对母亲坦白道，死真的好难，埃洛伊兹的母亲便请求护士帮助她女儿结束生命。

对于一位母亲而言，听到女儿说"死真的好难"这种心里话真的很可怕，但是埃洛伊兹习惯这样表达，不带一点对我们有帮助、美化现实好让我们继续走下去的故弄玄虚。

2018

我们的死亡和我们的生命一样不公正，有些死亡痛苦、漫长、可怕、残酷、暴力，有些死亡则无比安宁，花园里坐在藤椅上的女人心脏一下子停止了跳动，被众人包围着的男人刚刚躺下，轻轻发出声音，就这样离开了人世。

有些年龄的死亡可以被接受，有些则不被接受。

科隆布对叔叔抱怨，她曾经的一个恋人得了癌症，拒绝见她，也拒绝回复她的信息，她的叔叔告诉她，死亡是一件漫长而痛苦的工作，只能孤身一人或者与某个特别亲近的人一起完成。

科隆布的叔叔曾和他妻子两人一起待在自己家里，迎接妻子的死亡。十年后她叔叔也去世了。前一天晚上，他去看了电影，回来时觉得很累，深夜时分他离开了人世。

埃洛伊兹是在一间病房里去世的，她的母亲、孩子、表哥、恋人、前夫陪在她身边。

2018

埃洛伊兹的葬礼有一场弥撒，教堂里都是人，埃洛伊兹的朋友们着装朴素，多为浅淡、中性、优雅的颜色，神父并不认识埃洛伊兹，他的悼词清晰而悲伤，是很常见的为一位英年早逝的女性和母亲所作的悼词。在墓地，她的儿子说了一段话，他露出淡淡的笑容，很温柔，科隆布想起了埃洛伊兹在体操方面取得的成绩，眼泪默默地流下来。之后，在埃洛伊兹的公寓里举行了一场酒会，一位酒店领班准备了迷你法式热三明治和迷你巧克力闪电泡芙。科隆布又见到了阿尔萨斯中学的一些朋友，他们大部分都没有离开这个街区，或者是最终回到了这里，他们的孩子依然在他们曾经的学校上学，大家露出拘谨的笑容，深情地回忆着埃洛伊兹。科隆布看着柜子上的照片：婚礼，戴着红色风雪帽的孩子，穿着泳衣的她们。有一位女士，唯一穿着黑色衣服的女士，面颊上有睫毛膏的痕迹，看到科隆布先于其他人离开，她就是她们童年时期的那个调查员。死亡抹去了一切，她心想。

2018

科隆布很吃惊，埃洛伊兹生命的最后几个月里，自己并没有因为疾病沮丧，她可以起床，跑步，没什么可以阻止她。

埃洛伊兹去世后的几个月，科隆布被打倒了，她会将见到的所有女人叫作埃洛伊兹，一年后，她依然如此，到处撞见她的缺席，但也依然怀着一种几乎是狂热的生的渴望，她没有想到会这样。

她活着，这个九月的阳光灿烂明媚。

科隆布怀着这样的想法入睡了：请您让我死去。她是在和谁说话？不知道。谁有权力让她提早死去呢？她不相信上帝，也不打算自杀。白天，她笑啊笑，赞赏一切，她渴望，她行走，在这样一种奇特的感觉中醒来，她没有生病，没有什么束缚她，如此快乐，而这种想要享受、想要一切的快乐与渴望，品尝冰凉的梨子冰糕，在温暖的街道上行走，和她失去好友的悲伤同等强烈，但是她依然可以毫不费力地屈服于这种令人恼火的现代命令，即享受被赠予的生活。

2018

科隆布很想谈谈埃洛伊兹，但是没人对死去的人感兴趣。

科隆布打电话给埃洛伊兹的母亲。

她们见面一起吃晚饭。埃洛伊兹的母亲对她说，大家都对我特别好，但是没人敢提起埃洛伊兹。

2018

科隆布到了这样一个经历许多人死亡的年纪，每年都要从手机上删除一些电话号码，她总是等很久很久，六个月，一年，永远说不清楚，存在着另一个传奇，万一逝者回来，却发现自己已经被抹除了，就像这样，没有一丝重现的机会留下，人们翻过了柜子，看完了邮件，分配好财物，送走了衣服。必须再稍微等一等，科隆布心想，必须确定死去的人真的已经死了。之后她又会后悔删除了信息，想尽办法回忆电话号码，再打过去，号码还没有给别的人，电话在虚空中丁零零响着。

科隆布也到了这样一个年纪，以前的某个同班同学做了部长。她看着电视上他老去的脸，很想打电话给埃洛伊兹告诉她，他一直都这么可爱，不是吗？现在她可以和谁分享自己最脆弱的思想？

2018

自从科隆布被甩，持续的痛苦让她想死，但是她却一直身体无恙。她不知道还有谁比她身体更好，每周她游三公里，吃生菜，每天睡九个小时，外加午觉，她从不生病，从来没有动过手术，从来没有在医院过过夜，可她却白白浪费这样的身体和健康，埃洛伊兹可能会知道如何好好利用像科隆布这么生气勃勃的身体。

死去的埃洛伊兹依然活力满满，但是这么多活着的人却死气沉沉，过着千篇一律、无精打采、无欲无求的生活，所以科隆布强迫自己，起来，向前走。

2019

现在，埃洛伊兹已经去世一年了，她的这一生，是科隆布能看到的唯一一段完整人生，从她最初的生命、十一岁、升入初中、大展宏图直到生命的终结，五十二岁。

科隆布见证了朋友生命的许多阶段，脚穿 Kickers 鞋子，轮滑鞋，好成绩，第一次去舞厅，毕业证及日后前夫的告白，工作，生子，父亲的去世，离婚，因未实现的心愿而悲恸。一段与她的生命平行的生命，只是其中一个人的生命戛然而止，一切不得不就此停止，有回忆就够了。科隆布并不赞同，回忆根本没什么用。

但是科隆布想要在此处分享几个与埃洛伊兹共同度过的快乐时刻，分享几则能描摹出曾经的她的趣事，可她面对的是一片灰色的薄雾，关于她的疾病和她的死亡的薄雾，从那里浮现出一些遗憾，一些未完成的事。

2019

科隆布发现了埃洛伊兹的 Instagram 账户。它没有被注销。

她生病了，她贴了一些在布列塔尼大区的康卡勒、奥德省格吕桑海边的照片，诺曼底大区吉维尼小径和鲜花的照片，和恋人旅行的照片，拍下的金合欢＃神圣惊喜、蓝天＃蓝、圣米歇尔山、丰维耶修道院、柏树、海鸥的飞翔，她还写到"极致苍穹"＃春天＃快乐。她有时间去了阿斯旺^①，＃看得到风景的露台＃尼罗河，她去了纽约，#bigapple^②，＃海上风景。她还去了威尼斯和梅诺卡岛，＃大海，＃美景，最后一张照片是发光的埃菲尔铁塔，她发了最后一次评论＃巴黎我的爱。

埃洛伊兹坚守了自己的诺言，活到最后一刻。

2019

很长一段时间里，科隆布都觉得爱情最重要，友情则是第二位的。我们的关系有着等级之分。

友情对于科隆布而言很容易、很清楚、不费力、持久存在，而爱情每次都会破碎。

埃洛伊兹结识她的时候她还戴着牙套，之后就再也没有离开过她。她们常常见面，然后见面的次数变少，然后又变多，没有冲突，没有决裂，没有

① 埃及南部城市，位于尼罗河东岸。——编者注
② 英文，意思是"大苹果"，纽约的别称。

责备。

埃洛伊兹对科隆布没有任何要求，科隆布可以结交其他朋友，埃洛伊兹并不因此觉得嫉妒，没有竞争也没有规定，因为友情维系你们、保护你们，不施加夫妇之间的束缚和义务。做朋友的方式多种多样，但是做夫妇的方式却少之又少。社会从夫妇的存在中获利，所以它对夫妇施加了好些规定；生孩子，与另一个家族往来，共同生活。社会对友情关系没有任何要求，它任其自由存在。

科隆布尚未建立过长久的恋爱关系，但是拥有许多长久的友情，埃洛伊兹是她认识最久的朋友之一，是她生命的重要见证者之一。科隆布很清楚埃洛伊兹的友情比她数不清的爱情故事拥有更加忠诚、更加持久的力量。而这并不是因为友情是一种次要的联结或者不像爱情那样苛刻，而是因为这是一种没有模板、没有规定的关系，它更适合科隆布。

2019

科隆布一定要打电话给埃洛伊兹，哎，她已经很长时间没有她的消息了，科隆布一直都为二十岁的时候追求"精致主义"①的风尚抛下埃洛伊兹而感到羞愧。从那以后，几乎一直都是科隆布打电话给埃洛伊兹，很少是相反的情况。

然后她想起来了，埃洛伊兹已经去世了。

埃洛伊兹过去一直在为科隆布担忧：没有工作，写的书反响好坏不一，情感生活漂泊不定。你要怎么办？

埃洛伊兹想要给她一点钱。她希望科隆布不要再迷恋那个家伙。埃洛伊兹看着她，眼睛睁得大大的，露出惊讶的神色。埃洛伊兹很明智，她存钱，投资，再投资，投递精心写好的简历、求职信，去拉德芳斯②赴约，同人力资源部经理、顾问、指导谈话，列出自己的种种不足之处：害羞、不自信，自己的长处：有条理、细致，你要怎么办？她一次次问科隆布。埃洛伊兹找到了一份新工作，告诉她精确到小数点的工资。你觉得这样够不够？我是不是可以拿到更多？埃洛伊兹描述办公室、领导、工作

---

① "精致主义"（bécébégisme）由 BCBG 这个缩略词演变而来。
② 拉德芳斯（La Défense），巴黎首要的中心商务区。

任务，并以同样细致的方式描述新恋人，他的工作、他居住的街道、他的文凭，新恋人坐在她家的沙发上，看着她的样子就好像从来没见过如此独特的女人。同往常一样，埃洛伊兹一脸抱歉地看着科隆布，她孤单一人，没有工作。当她终于有了一个好消息，有了获得某种稳定的希望——每隔一段时间就会遇到这样的事——这样的希望，金钱，爱情，科隆布就会打电话给埃洛伊兹，她的朋友真的很高兴，松了一口气。

科隆布最后对埃洛伊兹的事业产生了兴趣，她在领英上查看埃洛伊兹的个人资料，她的领英账户也没有注销，这是一种获得她消息的方式。

埃塞克高等商学院：毕业于埃塞克高等商学院，路威酩轩集团管培生项目第一届成员，奢侈品管理专业（1989—1992）

巴黎政治学院：毕业于巴黎政治学院

本人擅长领域为影响传播与危机传播，有

在对外行业和高监管行业（医药、赌场、金融、公用事业/能源）的工作经验。不但对社会问题及企业社会责任有着确切的认知，而且了解各种不同领域的监管问题。

本人在企业和机构都担任过管理层顾问，这一双重的经历使我能够制定传播策略和应变策略，保证它们的执行，提高公司声誉，维护其战略利益。

科隆布很震惊，如果说她之前是领导，那她就会任命埃洛伊兹为超级领导。

也许，她的直率，即不知道的时候就说不知道，她的诚实，即不可做的事就说不可做，她的正直，即说出可能的情况，她无与伦比的聪明才智，即说清楚如何可能，这些都与在资本主义公司"做出一番事业"所需要的东西不匹配。

2019

埃洛伊兹并没有因为自己身体的背叛、主治医生的无能而发怒，她一直都恪守准则，满足大家对她的期待，服从道德要求，努力更好地面对，屈从于布尔乔亚阶层对女性的要求。一个善良的女孩，一位优秀的中学生，一位优秀的大学生，一个好妻子，一个好妈妈，一个好员工。她从未反抗过，她对自己的家人具有一种坚定不移的忠诚，但是当事情变得糟糕时，她会伤心。她不理解，因为她一切都做得很好，她很顺从，为什么她的努力得不到好结果，为什么她没有拿到这个文凭，为什么硕士生导师选择把最好的实习机会给学习成绩不如她的男生，为什么有人会对她撒谎，为什么她会被背叛，为什么她在这家大公司没有得到晋升，而她的上司明确对她说过，鉴于她取得的成绩，这个职位就是她的，为什么还不够好，为什么一方面有人指责她没有野心，另一方面当她有野心、展现自己的欲望并如此认真地工作时，它却永远不会属于自己，为什么她要被羞辱，而她不在别处，只在自己身上找原因。这肯定是她自己的错。一个温柔、笑意盈盈的年轻女人，受过良好的教育，穿着得体，发型端庄，头发梳得一丝不苟，乐于助人，只能待在指定的位置上，在这个位置之外行动是不被允许的。直到最后，要挣脱这种角色已然不可能，甚至生了病依然要继续下去：听从医生的安排，不做一点反抗，信任他们，执行治疗方案，哪怕很痛苦，也许只有在爱情中，在爱情的追寻中，她才找到了自由的缝隙，思考直到最后生命带给她的种种可能与种种相遇。

科隆布知道埃洛伊兹离婚后曾有过一个秘密情人，他已经结婚了，就在她去世前他还来医院看过她，参加了她的葬礼，全程没有和任何人说话。

2020

科隆布还没有准备好面对新的死亡，不想了解一位朋友的近况，一位年纪更大、新近认识的女性朋友。她知道那位朋友就要死了。朋友的丈夫没有给科隆布这样的选择："她想和你道别。"科隆布想找一些借口，但是找不到，她最终站在了比沙医院九楼的走廊里，朋友的丈夫张开长长的手臂欢迎她，把她带到病房门口，让她自己一个人进去。科隆布很害怕。

这个朋友正在和死亡面对面。

她穿着一件优雅的、熨烫过的蓝白条纹睡衣，化了妆，嘴唇一周涂着紫红色的口红，眼影的颜色与她电蓝色的眼睛相适。科隆布一直都不知道对一个将死之人应该说些什么，于是她就夸赞朋友的衣服、妆容，朋友回答说："睡衣是布克兄弟品牌的男款睡衣，用了一种很特别的布料，不会起皱，化妆品是玫珂菲的。我这样子看上去不像是一个要死的人吧？"

科隆布表示赞同。

朋友告诉她，她已经准备好自己的葬礼了，她希望大家能听着鲍勃·迪伦的音乐，喝到粉红香槟，她还微笑着补充道，很遗憾我不能与你们在一起。她还和她坦白道，她本来很想再活至少五年，能和丈夫再多一些时间在一起，享受他的爱，但是事情变成了现在这样。朋友问她，她的恋人怎么样了，当科隆布告诉她已经分手了，而且她一直都不知道为何时，朋友急得要跳脚。朋友回答道：好好享受生活，不要因为一个肩膀不够宽厚，无法与你分享快乐、分担痛苦的男人而偏离自己的方向。

科隆布告诉这位朋友她很喜欢她，喜欢她曾经活过的生活，喜欢她的慷慨，喜欢她涂了口红，喜欢她以如此简单的方式和她谈论死亡，然后她们相互道别、拥抱。

科隆布走出了这个房间，她身上发生了极其重要的某件事。

科隆布再也不害怕死亡了。

终于，她可以想象自己的死亡了，但那不会很快到来，她还有几年的时间去爱上一个肩膀宽厚、手臂有力的男人，就像她朋友的丈夫那样。

2020

埃洛伊兹曾为科隆布担忧。不要再胡思乱想了。往前走。不对的事就放下吧。

科隆布却做了相反的事，她深陷其中不能自拔，耗费时间，执拗地抓着一些事、一些失去的人不放手，希望他们能够回来，而实际上那些人已经死了或者从她的生命里消失了。她悲痛不已踟蹰不前，然后，毫无理由地，她忽然对给予她的生命感到惊异。科隆布越来越多地感受到某种活着的喜悦，她战胜了死亡，她可以一直学习、进步、实现。

于是，科隆布坚持不懈地写下了这个故事，虽然她知道写作并不能带来任何安慰，阅读也一样，但有时一个句子就能引向一种意外，正是这种意外可以让人继续走下去，直到自己也死去。

埃洛伊兹的葬礼上，神父对她的母亲、孩子和恋人说"她已经重生了"。科隆布很生气，最好不要有什么糟糕透顶的先知把你困在幻象中，告诉你白马王子和财宝就在那里，这样的谎言无非是让大家低下头，放弃反抗。

大家都希望生活一帆风顺，带着乐观主义的光芒，希望在书的结尾处作者能带给读者一则"希望的讯息"，一些在不同葬礼间、不同悲恸间传播的安慰人的话。"你们的逝者并不是看不见的，他们只是不在这里""你们的逝者时刻都在看着你们、保护着你们""同你爱的人在一起，就没有沉默"。这些话都是谎言。死去的人就是死去了，他们不会复活。科隆布现在知道了。我们的逝者留给我们的是一些模糊的图像，一些一闪而过的光芒，一些已经变形的回忆，以及他们永存于我们心中的生机勃勃的爱。

自由泳的温柔

献给 M

"如果再继续这样，爱情警察将会逮捕我们。"

玛吉·尼尔森，《阿尔戈》

我们第一次做爱一周后，他帮我换了自行车的后轮胎。我不知道他是怎么做到的，因为我的自行车是锁着的，他没有钥匙。晚上，他来我家吃饭，把一个鲜红色的小纸袋放在厨房的餐桌上，袋子里是一个必比登①橘蓝色包装的新内胎。橘蓝色小纸盒上画着亲切挥手的小人，我把它放在壁炉台上，旁边是他一起带过来的一束晚香玉。装着内胎的盒子和晚香玉花束，我给这些都拍了照，心想从来没有人给我送过这样贴心的礼物，以及我一定要把这些当作证据保存下来，以防有一天，这一切，爱情，他，都消失不见。

---

① 必比登（Bibendum），又译成轮胎人、米其林轮胎人、米其林轮胎先生，是米其林公司的官方吉祥物，此处指代该公司。

他的名字是加布里埃尔。我认识的人里没有像他这样的，他个子很高，肩膀宽阔，运动员的身材，他的动作冷静又灵活。但是，我们第一次一起喝东西，他就搞错了咖啡馆迟到了，点了一杯基尔酒，还把它打翻了。他看着我，很吃惊，然后说，我平时不会这样。

我第一次遇到他时，他十二岁，我十五岁。三十五年后的某个九月末，我们再次相遇。

花束已经枯萎很久了，小盒子一直在那里，只是我用东西稍微挡住了它，这样当我看到白色小人亲切地向我伸过来的手时，我才不会特别怀念过去。

在他之前，我总是对别人送给我的礼物感到失望，但当我想到自己的反应，想到自己难以掩饰的失望，我又觉得羞愧。我觉得羞愧，每当我想到这件事：孩子的父亲送给我一枚镶嵌着半透明绿宝石的金戒指时，我内心的不满是如此明显。那是 2001年，在我父亲去世十年后，我的母亲也将不久于世，我对一切都失去了欲望。无论别人是否送我东西，我都不在意。我期待着我父亲归来，手里拿着好多礼物，我期待着我母亲张开她的手臂，而这是她一直都无法做到的事。我再也不知道如何被爱。加布里埃尔出现了，他长长的手臂抱住了我，不会很紧，我任由自己被他抱着。所以这就是爱。我已经忘记了。

我前前后后认识不少男人，但是更多的时候我是在想象爱情，而不是经历爱情。我是如此害怕现实。

加布里埃尔和我第一次一起吃晚饭时，我们面对面坐着，他发现我很不安，无法承受他落在我身上的目光。那天晚上，他告诉我他在网上看了一些我的视频，看过之后，他明白了一些细小的事。

"有人和你说话时，有人和你谈论你自己时，你两只手会有一些小动作，卷起裙子的袖子，抚平想象中的褶皱，一旦你开始说话，好像就平静下来了。你就这么害怕不确定吗？"

我表示同意，弃甲投降，回到了家。

一周后，九月的最后一个周末，我们约在卢森堡公园见面。这是我们第三次见面。我想要问他一些问题，但是没有想到合适的。我觉得自己很笨拙。我们去小店喝了一杯茶。我坚持由我买单。

　　我们取回了停在公园出口处的自行车。他发现我自行车的一个轮胎瘪了。

　　他提议去他家取工具给轮胎打气。我们一起上了楼。我环视屋子里的一切。一个男生住的公寓。厨房里有木制餐桌，他刷成了亮蓝色，门口堆满了纸盒子，客厅的天花板多处凸起，他说这是很久之前漏水导致的，从街头捡回来的塌陷的沙发上放着同样来路不明的抱枕。工具放在宜家的塑料箱子里，它们充当着柜子。我们没有耽搁一点时间。

　　我向他提议去我家，"比一比我们的公寓"。我们住的地方相隔步行五分钟的距离。在我家，看到的是这样的公寓：摆着香薰蜡烛，每一件家具都经过了精心挑选，这样万一某本装饰杂志派出的品味警察代表突然造访，随时都能拍照，我始终希望能得到最好的评价。我觉得自己赢了，但是我错了。不久之后我发现加布里埃尔是一位审美专家，有着清晰而有趣的品味。

我的头脑里冒出了一个想法。我看到他的脖子，连接着肩膀，从衬衣里露出。我们彼此靠得很近，一起躺在铺着褐色与玫瑰色为主的印度纻缝布料的沙发上。我们开始聊天。差异渐渐模糊，我不再觉得吃惊。一切看起来简单、明了。

他姐姐打电话来，他没有接。然后他听了她的留言，她说话的声音有力、热情。她对他说："我亲爱的弟弟，我想念你。"这让我很感动，因为我和我兄弟姐妹的关系在我父母过早离世后就变得很紧张。

我们去厨房吃了一点面包片，因为我家只有这些吃的。我们又回到客厅躺在沙发上。我们似乎在时间之外，过了不多久，他亲吻了我。我们做爱，一开始在沙发上，之后去了我的房间。

我们赤裸着紧贴在一起，他的嘴唇落在我的脖颈，我听到他的呢喃，现在和你说我想说的话还为时过早。

我什么都不想听，他不是我的真命天子，我们是如此不同，我想要给他客厅的天花板重新刷漆，换掉他的沙发，扔掉他在宜家买的塑料箱柜。我们没有任何共同点，我们没有未来。我太害怕了，以至于不能承认情况可能相反。

第一次共度良宵一周后，我要去贝鲁特。出发前一夜，他言简意赅地对我表白，说他爱我，说他会很有耐心，说他会做一切事让我也爱他。

我紧紧地抱住了他，但是"爱"这个词卡在我的喉咙深处。

我问他，我们是如此不同，我们能一起做什么？

我出发的那天，他给我发来了一条简讯。

"如果我现在打电话给你，会不会打扰你？"

我忽然惊慌失措；我说了让他很失望的话，他不再爱我了，他已经意识到我并不够好，我有太多的缺点，他已经看透我对我们俩关系的糟糕看法，看穿我对他的沙发和斑驳的天花板的厌恶，他爱上了另一个女人，一个真正的好女人，一个没有审美偏见的女人，抑或更糟糕的情况是，他得病了，得了不治之症，所以我们之间最好不要有开始。

我强迫自己回复他，用一种冷漠的声音。

他想祝我旅途愉快，并告诉我他发现了我们之间的一个共同点，我们用的是同一个牌子的洗碗机。

我发出了苦笑声。我松了一口气，我并不爱他，我的感觉是对的，我们没有任何共同点。

第二天晚上，我在 WhatsApp 上告诉了他我想象了一场我们之间的对话，想象中他变了心。他明白我的大脑很容易恐慌，总是会设想坏事必然会发生。

他回答我说，我将自我投向未来时——而且是一个不确定的未来，总想着会发生灾难没什么用，生活有时的确充满了痛苦，但是也会有好事发生，没有什么比这更确定的了。

所以我可以对他推心置腹，不用担心被嘲笑？就这样，我甚至毫不畏惧地向他坦白我爱他。

我们相爱在一起的九个月里，恐惧又回来萦绕不散。

有时，我看到他和另一个女人在一起，最经常出现的情况是，我看到他消失，受伤，死去。

最后一次我无缘无故陷入焦虑，是他要来游泳池见我，他预先告诉我他会晚到，我计算着自己蛙泳和自由泳游的距离，每种姿势游五圈，最后游完五圈自由泳后，他还没出现。他永远都不会来了，他已经忘记我，离开我了，他骑自行车发生了事故，他昏迷了，死去了。冲澡时，我试图让自己恢复理智，但是我找不到任何理智。在衣物间里，我浑身还是湿漉漉的，找我的电话。

他给我留了好几则简讯。亲爱的，我的小心肝，我忘记带泳衣了，我在游泳馆门口等你。

他确信尽管他对自己感受到的爱毫无怀疑，我就是"他生命中的女人"，这是他反复对我强调过的话，但他没有办法向我保证什么，男女之间的爱同父母对孩子或者孩子对父母的爱截然不同，它并不是永恒的。

他寻找着我们之间的某种默契，但我们之间还没有。

我必须习惯我们爱情的不确定。

加布里埃尔是一个音乐家，我们相遇一个月后，他为我写了一首歌，他边弹钢琴边唱给我听。歌曲的标题是《科隆布的觉醒》。他先是消失了整整一天，我很担心，他是不是已经把我忘记了？

　　他在写这首歌，但是我并不知道。我就像那些小孩子，他们以为，如果有人站在他们前面，用手遮住脸，那个人就会永远消失不见。

　　他的声音是如此温柔，他喊我宝贝，向我承诺没有波折没有悲伤的爱，没有恐惧的快乐时日，并且会永远这样。听着他说的话我感动不已，我在房间的地板上躺了下来。我相信这一切，他也是，无论是我还是他都很天真，其实没有波折的爱情并不存在。

他还不断地和我说，我爱你爱得发疯。

十一月份的一个周六，加布里埃尔租了一辆雷诺的 Kangoo 来运我们的两辆自行车。他仔细地安排好了一切。他在一家漂亮餐厅预订了午餐，里面挂着黄色花卉图案的窗帘，这种餐厅在小城市随处可见，前菜是鹅肝和烟熏三文鱼。这座小城离三十五年前我们第一次见面时的那座家宅只有几公里距离，离另一处乡村的住宅也才几公里，即我父母的那座房子——父母去世后我就再也没有回去过。这是一座交界处的小城，它位于过去、他的家庭、他的房子、我的家庭或者说残存的家庭、我的房子以及我们之间隐隐存在的某种东西之间。

我指给他看每周六傍晚我父亲购买《世界报》的报刊商店，每周日早上我和他一起去的那家肉店——我在那里可以吃几片香肠，加布里埃尔则把他的手臂搭在我的肩膀上。

这一刻，我们慢慢往前走，我感觉到他放在我身上的手，我与我家庭回忆的某些部分和解了，更确切地说，好的回忆战胜了坏的回忆，父母的过早离世，孤独。恐惧就此消失。

城堡一样的酒店淹没在水汽和大雾中，他在那里预订了最漂亮的一个房间，床有帷幔，他从他的背包里拿出香槟和覆盆子。

我们一直待在房间里，直到晚餐时间。

我拍下了做爱之后凌乱的床。我想要留下一些证据，来证明这一切真实存在过，朝向花园的高高的窗户，浴室里的细木护壁板，大大的床，他的身体。过去的悲伤有了一层意义，它们重重累积到了这里。这一切都是真实的，但我依然无法控制自己不去想象一个我们作为主人公的故事。

我们在少年时相识，后来重逢，相爱，这一次，应该是一个大团圆的故事。

第二天早上，我们终于出门了。在森林边，他指给我看一只母鹿。他告诉我说，一年之前，他也觉得很孤单，有一天大清早他去比利牛斯山跑步。一只母鹿在他前面穿过小路。他从中看到了某种希望的征兆，他会遇到一个爱他并且他也爱的女人。母鹿在一百多米外的地方停了下来，一脸沉静地看着我们，然后离开了。他也喜欢大团圆的故事。

下午，我们在一座农场停顿了一下，我们给我们的孩子分别买了一只小鸡和一些鸡蛋。晚上，一回到酒店，我就把鸡蛋连壳煮了，他把新鲜的面包切成长条。我对他说，你瞧，我并不需要烛光、鹅肝，我不需要成为一个憧憬白马王子的公主，我只想在每个周日的晚上在厨房里和你一起分享带壳的煮鸡蛋。

在知道了我最喜欢的菜之一是焗烤肉末土豆泥后，他给我做了这道菜。他不是厨师，做饭不是他喜欢做的事，但他还是去买了食材，仔细地准备好土豆泥，用番茄汁烧好肉末，然后把做好的东西都带到了我家。我特别惊讶，这是不是有点太过了？

他认为只有通过一番战斗才能被爱。他屈服于他揣摩出的我的心思。

不久之后，他在给我的信里这样写道："我沉醉于一个从未有过的一无所用且不可企及的梦。"

他希望能做到完美，我却对此充满怀疑，我很清楚自己的缺点。

他让我明白自己有一个身体。在与他重逢之前，我没有身体，我的手臂，我的腿，我的脖子，都只是我的一部分，可以被忽视。我不了解它们，我感觉不到它们，我不在意它们，我的姿态很不端正，弯腰驼背。我喂养它，稍稍做一些体育运动来激发它的活力，如步行骑车。他却不断告诉我，你的身体和你的精神一样重要。我很震惊。在我家里，只有生病时才会关注身体，听诊、触诊、治疗。"我按下去的地方疼不疼？"那么，我就会思考一下，是的，好像有点疼，"是什么样的疼痛？剧烈的疼痛还是针刺一般的疼痛？"我又想了好一会儿，不是很痛，大腿、脚踝、手腕、胃感觉怎么样？这个我曾经漠不关心的身躯从此以后真正地存在了。

身体必须可以动，可以起身、坐下、吃饭、走路，必要时奔跑。如果这些都能做到，那就不错，那就够了。我是这样被养大的，我们没有身体，也不触碰身体，关注身体是一件可耻又可笑的事，我们不在意身体，只有生病时、疼痛时身体才会占据一点位置，才可以谈论它，但是不能说太多，因为抱怨是不被允许的。

如果身体被忽视了，关于爱与性，要怎么做？必须根据特定的需要重新拥有身体。我开始探索加布里埃尔的身体，指腹，膝盖后面的褶皱，紧紧握住脚踝，用力握住，不松手，触摸脖子和头发相连的地方，臀部的纹路，嘴角，脸颊内侧，鼻孔，腋窝，左乳晕，右乳晕，睾丸，揣摩什么地方的皮肤最细腻最敏感。慢慢地，我把自己的身体也交付给他，他按照他的意愿对待它，我几乎不再觉得害怕。性是一个不会终结的游戏，他知道许许多多各种各样触摸、爱抚、进入的方式。他向我提出一些新的规则，我欣然接受。我抵达了一个在认识他之前完全不知道的地方。有时，恐惧又会出现。

他建议我和他一起去游泳。我跟着他去了，淋浴间的地面上散落着各种毛发，在冷冷的灯光下，身体原形毕露，疤痕、橘皮组织、静脉、皱纹、褶皱、圆鼓鼓的曲线、斑驳的皮肤。身体并不完美，但是依然可以展现它。

其他人都兴冲冲地跳进水里。他们摆动双腿，划动双臂，共享这片水，努力前进。我要成为他们中的一员吗？我不知道自己是否真的想要这么做。我看着加布里埃尔，他高大而矫健的身体，黑色的泳衣，印着史努比图案的橘色浴巾，动作充满了力量与宁静。我希望自己也能达到他那样的水平，于是我也跳了下去，以蛙泳的姿势游，慢慢向前。我一开始觉得冷，左脚撞到了线。我感觉脚上一阵痉挛，它变得僵硬。我尝试用一种类似自由泳的姿势往前游，游了半圈后，我气喘吁吁地停了下来。我又继续往前游，因为他一直在游，因为其他人一直在游，他们的身体更加衰老，有着更多的伤痕和橘皮组织，有着灰白色的毛发，戴着泳帽和泳镜，泳衣都是很实用的款式。我游啊游，以软趴趴的蛙泳姿势，游了十六圈半，一公里。

虽然戴着泳帽，但是我的头发还是湿透了，泳镜的压力在我脸上留下了红色的印痕，我的皮肤散发出漂白水的味道，我的鼻子亮晶晶的。

加布里埃尔对我说，还不错，过了一会儿他又说，还不够好。手的姿势，脖子的姿势，背的伸展。他为我展示正确的姿势，他对动作了如指掌，他知道应该把手掌弯曲到哪种程度，好让它毫无阻力地劈开水，如何在打开肩膀的同时使其尽量往前，如何收回手肘，让它休息片刻，如何向前伸出手腕，往前几十厘米，他双手轻轻地进入水里，演示着手的动作。我看着他，努力模仿他，我是一个初学者，笨手笨脚。他很有耐心，他为我打开了一个我不了解的世界，身体的世界，在那里词语没有什么用，而我只会说话。他鼓励我，鼓励我观察、感觉，我无所适从。我必须进步，他对我说。总之，必须做到完美。他推荐我看一些视频，里面是游泳冠军迈克尔·菲尔普斯游泳的慢镜头。他完成的是一段精彩的舞蹈。

他向我呈现的是一种身体的诗意优雅，迄今为止我一直都对此很陌生，这是一种新物质，肉体，肌肉，皮肤，血液流动，毛发，指甲，之前它们都被锁闭了，现在应该让它们舒展开来。

注意肩膀、手肘、脊椎、大拇指，弄清楚如何安放、移动、打开、放松、绷直，感受手腕放松然后绷紧。我试了试，没做到，他又给我做示范。这不能通过思考、解释做到，而是必须反复训练，直到变成自我显而易见的一部分。对此我依然一无所知。我必须坚持学习，但是这并不是我知道的那种学习，即依靠书本来学习，这是尚未开拓的平行世界，是感觉的世界。我开始了，就好像我已经明白了一切，我在假装，但是这种假装已经有了一些效果。我再次振作。这还不够。我始终很害怕，它出乎我的意料，一粒果核在我的肚子里生长。我让自己理智起来，我没必要害怕，但只要发生未知的事，比如他没有来赴约，他忘记带电话，我就会惊恐万分，理智根本没什么用。他消失了，他死了或者受伤了，他不再爱我了。他终于来了，安慰我，握住我的手。

我又回到了游泳池里，和他一起。之后，我们一起吃淋了酱汁的土耳其烤肉，酱汁滴到了外套上，烤肉很美味。

加布里埃尔问我，他想知道我的爱情错误，我说，他听。

我讲述了一切，毫无拘束，因为他并不对我做评价。他自己也开始说，说他的生活，他的爱情。我们都做过一个同样可笑的选择，显然不是一个好的选择，这让我们觉得好玩。

他高大的身体，如此强壮，肤色如此深，是一座堡垒，任何东西都不可能撼动它，或者击碎它。

我第一次爱上的人，是我小学一年级的女老师马莱娜·戈诺，一个长着棕色头发的高个子女人，很优雅，穿着灰白色套装。她喊我科隆比纳①，而我

① 科隆比纳（Colombine）是科隆布（Colombe）的昵称。

的母亲，美丽的埃莱娜，从来没有给我取一个充满爱意的小名，她是如此腼腆，好像永远都被关在了战争期间她所藏身的那座修道院的墙壁后面。马莱娜·戈诺在我的成绩报告单上写"有一天，科隆布会失去理智"或者"科隆布看起来很柔弱，但这只是表象，其实她很坚强"。虽然我有缺点，但她还是爱我，我也非常爱她。

第一天上课，她带我们去了学校的图书馆，她给我们读了一个故事，读了两页后她停了下来，对我们说："等你们自己能阅读时，就可以知道后面的故事了。"我永不止息的阅读渴望就是从那时候开始的。我爱马莱娜·戈诺。

第二年，我爱上了马蒂娜，她是食堂的管理员，有着蓬松的金发。她给我讲她每天晚上去蒙帕纳斯各种餐厅吃饭的故事。

我被她的头发以及她去餐厅的故事迷住了，我爱她。

我也爱同班的一个小女孩克里斯蒂娜，所有人都希望成为她的朋友。她金色的头发剪成了锅盖状，胖乎乎，很乖巧，大家都喜欢抚摸她，把她抱在怀里。我的模样恰恰和她相反，我是一个长得过瘦、焦躁不安的小女孩，大家能看出我的肋骨，我羞于穿泳衣，我梦想能有克里斯蒂娜那样圆润的身体。

她邀请我去她家。她做护士的母亲在她的房间里放了一本给孩子看的性教育教科书。

上面的图片让我痴迷。尤其是有一张图上画了一个男人的性器插入一个女人的性器里。

我真想紧紧贴着克里斯蒂娜，贴着她柔软的身体，握着她的手。

我十岁的时候，在 *Apostrophes* 的一期节目上，贝尔纳·毕沃邀请了一位年轻的美国女性小说家，她刚刚出版了一部被人唾弃的小说。我让爸爸给我买一本，他毫不怀疑地答应了。

这是一个关于在好莱坞长大的魔鬼少女的故事。我记得她喝女老师们的血。我看了十几遍。作者描绘了一条浅灰色的真丝长裙，腰部有褶裥，还描写了被名人父母抛弃的女主人公的性堕落，她的母亲是一名演员，父亲是一名导演。她有一个情人，是一个制作人，既有钱又英俊，当然，他们会做爱。女叙述者描写了充满色情意味的姿势、动作，他用手铐把她铐起来，把她的眼睛蒙起来。我沉浸于其中不能自拔。很久之后，我爸爸才明白这不是一本适合我那个年纪的小孩阅读的书。

　　阿莱格拉夫人，也就是克里斯蒂娜·阿莱格拉，她个子不算很高，棕色的头发特别短，她是我的古典舞老师，就职于巴黎司康高等音乐学院，一所位于圣雅克街的音乐与舞蹈学院。我并不爱恋她，我欣赏她。我很希望她能收养我。

　　在七到十三岁的这段时间里，我一直都在上阿莱格拉夫人的舞蹈课，一开始是每周一次，后来变成每周两次、三次、四次、五次。她非常认真，总是鼓励我，我简直不敢相信。

　　在我还是小孩子的时候，我有一个身体，等到了青春期，我就忘记了它。我压腿，压肩，拉伸，弯腰，脚尖因为一直踮地都出血了，我每天都要努力做一个一字马，我身体太僵硬，每天早上，我的妈妈——美丽的埃莱娜——总是会掐我的背让我起床，她问我我是想要重重地掐还是轻轻地掐。她不知道如何抚摸，或者拥抱，她很爱很爱自己的孩子，却无法向他们表达自己的爱，无法把我拥入怀中。我的身体只用于进行体育测试，以及承受舞蹈有规律的暴力。

我告诉我的父母我想要进巴黎歌剧院的舞蹈班进修。妈妈没说什么，爸爸说，如果你想要当舞者，那就要当一个伟大的舞者，如果你只是一个很普通的舞者，那就没必要这么做。跳舞是一种乐趣，伸展双手，跟随旋律摆动大腿，跟随音符扭腰，旋转，静默之后平衡脚踝，伸直脖子再次迈出舞步，头晕目眩；太多的音乐，太多的动作，失去理智，发疯，狂笑，再也不知道什么是自己的身体、镶木地板、镜子中的影子。

根据阿莱格拉夫人的建议，我去拜访了一位在沙特莱授课的俄罗斯女教授。我一个人坐上38路公交车，我至今依然记得当时自己的惊慌，肚子绷得特别紧，匆匆忙忙的行人推我向前，我都没法检票，就这样逃票让我好害怕。

俄罗斯女教授给我做了一番检查，看我肩膀和手臂的位置。她触摸我瘦瘦的腿、瘦瘦的手臂，让我做一字马，我始终做不好，她就跪下来压住我的腿，把它们压到正确的位置。

然后，她站起身，摇了摇头。Niet[1]。我只能做一个普通的舞者。没有必要坚持或继续下去，没有必要放松我的手腕、我的脖子、我的头、我的脚踝、我的背、我的臀、我双手的每根手指，让自己进入感觉的极度舒展中；没必要感到一点点痛，再忘记它，聆听每一个音符，跟随它，它是怎样上升、下降、起伏，每个动作是如何与它相依相伴，跟随着它，不知道是谁在引导，是音符、动作还是姿势？它们是同一个灵魂，融为一体。

我更多地想到的是阿莱格拉夫人的失望，而不是我自己的失望，不久我就不再去上她的课了，如果成不了一个伟大的舞蹈家，那不如就此停止。就这样，青春期的我离开了我的身体。

十五年后，在塞夫尔－巴比伦地铁站，阿莱格拉夫人出现在我面前，她在对面的站台上。我没有

---

① 俄语，意思是"不"。

告诉她，当时她鼓励我跳舞这件事之于我的意义，以及我曾爱过她。

性和爱这两件事让我着迷，我是否是一个正常的孩子？

在一次马术训练期间，我偷偷地观察一对教练，她有一双淡栗色的大眼睛，他有一头长发——额头上有一块红色印花方巾把头发拢了起来。他们俩躺在草坪上，盖着一条格子花纹的羊毛毯，亲吻对方的嘴。

我看着他们，当时我十二岁，我心想，是否有一天，我也会像这个年轻女人一样被人亲吻、被人爱、被人抚摸？

我十四岁、十五岁、十六岁，男孩子们终于注意到了我。这让我很开心。

我十八岁，同时交了两个男朋友，他们住在同一条街上。一个很严肃，另一个不那么严肃，我心想有两个男朋友很理想也很正常，因为我的爸爸就做这样的事。他一直都有两个女人，一个是我妈妈，还有一个像年轻时候的妈妈。当然这结束得很糟糕。我不是我爸爸，这段维持了三个月的双重生活留给我的只有羞耻感。我不断地对自己说，我觉得羞耻，我觉得羞耻。

我二十三岁，我的爸爸去世了，我在所有不是他的男人面前变成了透明人。

我三十岁，我要和我自己选择的男人结婚了，因为我们第一次见面时，他对我说，如果我们结婚，我向你保证我永远都不会离开你，但是我肯定会对你不忠。作为求婚，这曾在我看来十分让人安心，他会和我的爸爸一样，但是他又不会像我爸爸那样死去、抛下我，他永远都不会抛下我。我的丈夫不会死去。

我们结婚两个月前，我遇到了最最聪明、美丽、有趣、高雅却从不让人靠近的女人。我爱上了她。她叫克莱尔·帕尔纳，她比我年长十五岁。一天夜里，我梦见了她。我在她的怀里，她穿着灰色开司米套头毛衫，我在梦里闻到她身上椴花淡香水的味道。当我听到"我床上的那个女人很久之前便不再二十"[1]，我就会想到她。我的新婚丈夫明白我爱她。

我要临盆了，我的丈夫睡在诊所的一张长椅上，我打电话给克莱尔，她飞奔过来，陪着我。她是我儿子的教母。

我们一起去度假。

我告诉她我的妈妈将不久于人世。克莱尔没说什么。

美丽的埃莱娜去世了，我打电话给克莱尔。她没有给我回电话。我的丈夫知道我想念克莱尔。

我怀孕了，我不再睡在我们夫妻的那张床上，我的丈夫试图安慰我。他常常消失不见，我不是我妈妈，所以结婚十年后，我们俩很理智地离婚了。

之后呢？加布里埃尔问我。

一些陈腐的故事。

一条充满鼓励的简讯，一个温柔的夜晚，就足

---

[1] 法国歌手塞尔日·雷贾尼(Serge Reggiani, 1922—2004)代表作《萨拉》("Sarah")中的一句歌词。

以让我以为这就是爱情。我孤单一人，躺在我的床上，我想象着他飞奔而来，向我张开双臂，我想象着我们之间一场场持续一整夜的谈话，我们在根西岛，当然下起了雨，我们躲在一棵大树下，穿着米色的情侣雨衣，我们并不觉得冷，一个美好圆满的爱情故事从我的想象中滴落。

这一现实并不存在，我对此表示怀疑，我不够好，没有人愿意"真正"爱我，我是一个糟糕的女孩，从来都不够可爱。

遇到加布里埃尔的一年前，奇迹发生了。

我明白了自己不能解决所有事情，承担所有事情，我必须放弃结局没有任何意义的战斗。

我放弃了某种东西，随之一种巨大的自由感充盈全身。

一天，我躺在床上，我重新感受到血液在我的身体内流动，墙壁倒塌了，我简直不敢相信，我可以做自己了。

是的，我当然有点自私，有点野心，但是难道我就不可以有一些缺点吗？

突然，我觉得自己变得可爱了。

我五十岁，身高一米五六，体重四十六公斤，下巴松弛，已有白发，眼睛深深地陷在灰色的眼眶里，皮肤干燥，我还有时间弥补，这仿若隐形人的二十七年。我经过一家咖啡馆的露台，我走进一家商店，我在机场排队托运行李，我感觉到这一点，并不是所有人，不是，大部分人都毫不关心，只需要有那么几个人就够了，只需要一个人就够了。男人们重新开始关注我。我有屁股、大腿、肩膀、脖子，我用指尖触摸前臂内侧，从手腕到手肘，还很柔软。

一年后，我遇到了加布里埃尔。

平时，他常常会从黑色的尼龙背包里拿出：

——他母亲做的南瓜汤，装在一个小塑料盒里，盒子上写着我的名字。

——一个一样的小塑料盒，外面包着一层亮红色的纸，上面依然写着我的名字，里面装着酥饼，他强调说，也是她"特地"为我做的。

——心形长棍面包。

——一盆茶色小玫瑰。

——天然海绵，里面藏着一块茉莉花香的小肥皂。可以在洗澡的同时进行按摩。现在，香皂已经融化了，但是我还保留着这个海绵来擦身体。加布里埃尔把他的手放在我的臀部，抚摸它，他的手指滑向凹处，他反复对我说，我从来没有如此渴求一个女人。他在夸张，但是我很乐意相信他。我抚摸我的肚子、大腿、手臂，这是他喜欢抚摸的身体。

——粉色的亮闪闪的纸，外面系着一根电线，里面藏着一台制作法式三明治的面包机。他向我解释说这是送给我孩子的礼物。我给亮闪闪的粉色包装拍了照，担心某一天只剩下回忆可以珍藏。

好几个晚上，我和孩子们尝试了各种各样新口味的法式三明治，芥末，酸黄瓜，白火腿，萨瓦火腿，番茄，圣女果，萨瓦奶酪，山羊奶酪。

到我家后，他就从他黑色的尼龙背包里拿出所有礼物，动作很夸张，然后把它们放在厨房的餐桌上，一动不动地站在那里，微笑着看我拆包装。

他邀请我去罗马过周末。我们在房间的露台上做爱，没有参观任何博物馆，他租了一辆红色小摩托车，我坐在他后面，随便他带我去哪里。我们去了一座花园，我们散步，我们决定编一个故事，一个会让我们很害怕的故事。

一对相爱的夫妇在罗马度周末，他们把青春期的女儿留在了巴黎，他们回去后，女儿消失了。她的消失揭露了他们的谎言，他们的秘密，以及他们为了"维持夫妇关系"向彼此隐瞒的一切。

我对我们编造的这个故事太入迷了，以至于都忘记了我们是在一座花园里，以至于忘记了自己的恐惧。

在他身边，一向害怕坏结局故事的我，再也不害怕了，这些不过是故事而已。

我们像一家人那样生活。

他有我家的钥匙，他到了后会大声问，亲爱的，是我，孩子们睡了吗？

为了搞笑，他把我的名字和他的姓氏放在一起。

他，他的女儿，我的儿子，我们一起打网球，买三明治，吃巧克力闪电泡芙，躺在草地上。

有一次，我和女儿就她有好有坏的成绩单进行了一次必要又和气的谈话，她在最后总结道："妈妈，我要和你说一件奇怪的事。自从你和加布里埃尔在一起后，你变成了一个更好的妈妈。"

他的小女儿对我说，如果你能写一首歌，你就能成为我们家的一分子。我写了一首歌，然后发给了他。

每个周日我们都会和他的母亲一起吃午饭。我感觉自己有了一个家。

我们在他的厨房里吃晚饭，他的女儿也在。他组织了一个扔瓶子比赛，把塑料瓶一个个扔进垃圾桶。很有意思。

一天，我需要一把家里的钥匙，我让他把他的那把给我，我去配一把，他把钥匙拿给我，就好像它烫手。钥匙配好后，他拒绝接受我给他的新钥匙。我们不再是一家人。

我听着埃尔维斯·普雷斯利①的歌曲《监狱摇滚》，他的手领着我，我任自己随他而动。

　　他个子那么高，我个子这么矮，而我不需要花任何气力来使自己与他步调一致。

　　我不喜欢看到他弯腰、屈身来迁就我。对于我而言很容易的事，对他而言并不是。我看不出他有多努力，他把努力都藏起来了，看起来很优雅。他的动作如此柔软，俯身向我，领我跳舞。他为了配合我而做的努力，我根本看不出来，我恰恰同他相反，个头小，焦虑不安，笨手笨脚。在水里面自由泳时，他的手臂伸出水面，看起来似乎并没有前进，看起来似乎很慢，但是，实际上，他身体稍微动一下，就可以向前很远了。他就是有这样一种礼貌，让我们都以为这一切都很简单，不可以对别人施加压力。

　　他和他的小女儿一起去蒙特利尔旅行。他们俩为在那里生活的大女儿准备了一个惊喜。她并不知道爸爸和妹妹要来看她。他要乔装成送货员，留着

---

① 埃尔维斯·普雷斯利（Elvis Presley，1935—1977），即猫王，美国摇滚歌手。

大胡子，戴着鸭舌帽和眼镜，把小女儿装在一个大盒子里，然后去摁大女儿学生宿舍的门铃。我惊叹地想象着他们相聚时的快乐。

加布里埃尔给我发来了派送包裹时的照片。

他事先把手机放在了一个口袋里，然后拍下了整个事件的过程。

虽然他乔装打扮了一番，但是他的大女儿还是立刻认出了他，小女儿从盒子里爬了出来，他们拥抱在一起。

我在巴黎，独自一人，久久回不过神。我很想告诉他们三个人，我好喜欢他们能给予彼此这么多爱。

我想到给他送过的那些礼物，它们首先是为我准备的。之所以选择那些礼物，是为了让加布里埃尔变成我所希望的样子。

——APC①的白衬衫，这样他就可以和我们这个街区的男人们变得一样了，胡子拉碴，充满魅力。

---

① APC，1987 年创立于巴黎的小众时装品牌。

——伊索①的除臭香水，这是一个澳大利亚的品牌，其创立理念就是要让使用其产品的人可以被归入具有国际范儿的布波族②。这是为了替换他之前一直使用的在 Franprix 购买的气味有点平淡的香水。

为了让我高兴，他就这样出门了，穿着这件衬衫，喷了这种香水，但这不是他。

从蒙特利尔回来后，加布里埃尔给我发了一条简讯。"我对我们俩有了一些悲观的想法，我们之间没有任何共同点。"我飞奔去他家，紧紧地搂着他，他的身体冰冷，我温暖着它。在此之前，一直都是相反的情况，一直是他在温暖我。

我给他讲了恩斯特·刘别谦③创作的故事。

"你知道一部犹太教情感喜剧和一部基督教情感

---

① 伊索（Aesop），澳洲护肤品品牌，推崇天然、有机。
② 布波族（BoBo）指拥有较高学历、收入丰厚，追求生活享受、崇尚自由解放的一类人。BoBo 是 Bourgeois（布尔乔亚）和 Bohemian（波希米亚）首音节组合构成的新词。
③ 恩斯特·刘别谦（Ernst Lubitsch，1892—1947），德裔美籍电影导演、编剧。

喜剧有什么不同吗？"

"不知道。"

"在一部基督教情感喜剧中，阻止恋人见面的敌人总是来自外部。他们之间的隔离是物理性的，比如大海，比如监狱的墙壁，或者是社会性的，他们的结合被父母否定。恋人们必须与这个敌人做斗争，经历种种考验，表现出勇气和坚毅，才能相见、相爱。而在一部犹太教情感喜剧中，敌人则来自内部。心理防御、恐惧、嫉妒、焦虑压迫着爱与被爱者的心。恋人可以斗争、反抗、经历重重考验来推倒这座墙，但是没什么用，战斗是徒劳的。内在的敌人只能自己消失。"

必须好好谈一谈。

于是加布里埃尔对我解释。我不可能像你父亲那样爱你，不可能给你那种爱。他说得对，那一夜，在父亲去世二十五年十个月后，我终于和他彻底告别了。我的父亲并不是一个完美的男人。这是加布里埃尔送给我的最珍贵的礼物。

第二天早上，他从他的行李箱里拿出来：

——一对小小的锚形金耳环。

它们和你非常 BCBG 的呢子短大衣很配，他友善地调侃着那件大衣。

——一罐加拿大蜂蜜、盐角草制成的盐以及洋甘菊花。

想到他礼物的甜蜜以及我们刚刚穿过的黑夜，我哭了。

我问他悲观的想法是否还会再出现。

是的，他对我说，它们可能再出现，可能是六个月后，也可能永远都不会再出现。

我们是如此不同。

我看着小小的金色的锚和蜂蜜罐头这两份如此黏着的礼物，试图让自己安下心。但是恐惧依然在那里。

以前，他只是一个身影。一个十二岁的男孩，棕色头发，笔直地站在泳池旁边。画面有点模糊，那是 1981 年的春天。我十五岁，他是我母亲的新朋友安娜的儿子。安娜是个雕塑家，有一头又长又厚的棕色头发，她非常美丽。

我的母亲埃莱娜和安娜是在一次家长会上认识的，她们提出要作为陪同者参加去罗马的游学。有人向她们解释了游学项目及相关规定，在老师告诉家长们他们在罗马的时候要两个人一间房时，埃莱娜的焦虑爆发了。

她怎么可以和一个陌生女人住一间房呢？她要在这个女人面前脱衣服，对她隐藏自己，即一个一直处于恐惧中的犹太女人，这个陌生女人如果知道她是犹太人，肯定会批判她，充满怀疑，之后埃莱娜还将不得不穿着内衣出现在她面前（已经有人告诉她们，房间没有独立的浴室），并试图在一个很可能反犹的女人身边入睡。最好还是放弃这次旅行，埃莱娜不属于这个世界。巴黎六区这所学校只招收大资产阶级和知识分子的孩子，在这群学生的母亲中间，她一直都觉得自己是透明的，总是待在靠门特别近的地方。她就在那里，身处焦虑不安中，等到她明白它的荒诞性，她就能事后对此自嘲一番。然后，她看到了一个女人闪闪发光的目光，她在对她微笑。她也对她报之一笑，然后她们一起举起了手，没有先相互认识一下或者交谈一下，就异口同声地表示要同住一个房间。她们已经猜到了她们俩有很多的共同点。

她名叫安娜。显然，她是犹太人，她父亲是意大利人，母亲是出身于法国大资产阶级的犹太人。第二次世界大战时她在纽约，所以她的焦虑程度看起来没有埃莱娜那么强烈。埃莱娜旅行回来后，以一种胜利的姿态宣布，我交了一个新朋友。

而我，十五岁的我年少轻狂，我仔细观察母亲的新朋友和她十二岁儿子的身影，我以为我们终于可以做犹太人了，没有恐惧，没有流亡，没有毁灭。我错了，就像在爱的联结这件事上一样——它是如此不符合社会风俗，如此痛苦又深邃，却将我父母系在一起。

　　六月，安娜邀请我们去乡下待一天。妈妈和我，我们穿着夏天的裙子，正准备出发的时候，爸爸来了。

　　我希望有了安娜，妈妈能够摆脱爸爸，离开他，遇到另一个男人，一个忠诚的男人，然后最终变得幸福。但是妈妈爱爸爸，爸爸也爱妈妈，他总是回来找她，他们俩谁也不想分手。我十五岁，我觉得自己比妈妈和爸爸都更加了解他们俩应该如何处理他们的爱情，他们应该放下他们的爱情。

　　埃莱娜把我们的计划告诉了她的丈夫，即我的爸爸，她说我们要去她的新朋友安娜家，他很高兴，太棒了，我陪你们一起去。

　　埃莱娜很高兴，我却很生气。他毁了一切，他不让她好好生活，不让她离开，而她愿意接受，把事情搞得乱七八糟。

她应该拒绝他，过没有他的新生活，但是她不想要没有他的生活，她不感兴趣。

安娜和埃莱娜最终"散落在天涯"——像人们常说的那样。

十二岁的小男孩呢?

三十五年后，我们又相遇了。

这么多年不见后，第一次见面，是一场失败的约会。

当时是在学校门口，不是早上挤满父母和孩子，大家只可能匆匆忙忙地打招呼的时刻，而是在午饭后返校时。不工作的父母或者在家工作的父母和孩子吃完午饭后，在下午两点把孩子送到学校的大门口。

学校就是那所我们小时候上的学校，因为我们并没有逃离我们所在的文化与社会阶级提供的诱人通道。

他不再是那个十二岁小男孩的身影，他朝我微笑，介绍了自己。我们已经这么久没见了。他听他母亲说起过我，她读过我的一本书。别人可能会嘲笑我们的聊天怎么这么普通。他结过婚，有两个孩子，离了婚，就住在这个街区。我对他所说的一切的回答是：我也一样。他又一次对我微笑，然后同我告别，再见，没有提出说要再见面，甚至都没有问我的电话号码。

不久之后，我们成了恋人，当我们再次说起有过的、过去的约会，试图消除模糊一切的神秘——它对一点点征兆、一点点沉默都会做出荒诞的阐释，他对我坦白说，当时，他的想法是，和科隆布在一起是一件严肃的事，而我想要和很多很多女孩睡觉，所以我不会去勾引她。事情就这么简单，那时候，他刚刚离婚，他想和很多很多女孩睡觉。

在那些漫长的岁月里，我在两种想法之间摇摆不定，有时我确信自己对任何男人都有不可抵挡的魅力，有时我又觉得自己对任何讨人喜爱的男人来说都是隐形的。他的冷漠证实了后一个想法。之后，我突然对自己的魅力充满了信心，我以为：1.他很害羞；2.我吓到他了；3.学校、街区、社交圈，这些都一模一样，所以我们一定可以再碰面。

但实际上，什么都没发生。

在我那一年的故事中，以及在二十五年前父亲去世后我的所有爱情故事中，我都是那个一直怀念父亲多爱她的女孩，她情不自禁地相信那种永不磨灭的爱就在那里，在某个地方，在每个靠近她的男人心里。但每次那个女孩都会从高处摔下来。

我是全世界、全法国、全巴黎以及我所在街区最遭人厌弃的女孩。

有些更加害羞的男人靠近我，他们可以全身心地、忠诚地爱我，但是我呢，我逃跑了，他们坚持不懈，不可能，有一堵墙把我和爱情隔开了。

可以用陈词滥调的心理分析解释的到此为止。

在此期间，我们彼此相距三百米，我们的孩子在同一所学校上学，也就是我们小时候上的学校，我们有共同的朋友，但是我们从来没有遇到过对方。

在孩子们上的小学门口那场不尽如人意的相遇

过去两年后，我们之间的故事开始加速发展，我们在一家电影院前遇到了。

我当时正在拍摄一部纪录片，女制片人邀请我去参加一部电影的放映会，他和他的乐队为这部电影做了配乐。

我们相互问了好。我和一个男性朋友在一起。我尝试了一种新的接近他人的技巧。三角欲望原则——他会渴望我，因为我被另一个男人渴望，这应该会带来一种有意思的结果。我同朋友形影不离，就好像他是我的恋人。我和加布里埃尔问好，他也不咸不淡地和我问好，我坐到了另一排"那个扮演恋人的朋友"旁边。现在我已想不起来那个"恋人"的名字，但是我记得自己当时很气恼。

这一次，我很确定，他一定是觉得我太老了，太丑了，他对于我而言高不可攀。

三年后，依偎在我身边，他将告诉我，当时他清楚地看到我从电影院的台阶上走下来，看到我有人陪同，他很惊讶又很失望，他一直望着我，而我坐到了我的朋友旁边。

那次受挫后，我破罐子破摔，继续一些陈腐的风流故事。

我的朋友们，对我想要成为世界上最遭人厌弃的女人的这些尝试很是担忧，试图给我一些建议，让我尝试朝另一个方向改善自己。

你应该让别人渴望你，你应该任性，你应该消失，你应该神秘，你应该保持沉默，你应该让他嫉妒，你不应该打电话，你应该二十四小时后再回复短信。但是，在我父亲去世之前，我是最被宠溺的少女、年轻女人，任性、潇洒、不忠，可我的权利已经被我耗尽，现在我必须随叫随到、顺从听话、让人信服、忠诚耐心、亲切可人，并且我必须证明自己已经做到了。

我有时会演戏，装哑巴，但这太累了。我爱过一个男人三年，他爱我的唯一原因就是我懂得如何逃避他。我迟疑不决，假装冷漠，可以说我是一个极其有天赋的演员。我忘记了，抱歉，我很忙。于是，他就会飞奔而来，他很害怕。他太爱我了。他用意大利语给我唱情歌，他每小时都给我打电话，他乞求我抽点时间看看他，他对我坦白：我害怕。我也和他一样害怕。但是我永远不会告诉他。

一天，我犯了一个错，我告诉他我爱他，既然他爱我，我们在一起会幸福且自由。他对此不感兴趣，他回答我说。不久之后，他对我坦白了一切。我用尽一切办法让别人依赖我，等有一天这变成了现实，他们就会让我厌倦。我便又用尽一切办法摆脱他们。最后整件事也是如此收场的。我还遇到了其他一些男人。情况并不更好。

Tinder 上的男人在红色的汽车前面摆着姿势，拿着一杯香槟或者一罐啤酒，戴着墨镜，露出身体的一部分，上半身、腹部、肩膀、臀部。

他在沙滩上，在山里，在皮沙发上，在办公桌前，在漂亮的卡车前；他直视前方，看侧方，低头看下方，在镜子前面用手机自拍；他和他的孩子、妻子、狗、猫一起。他可能叫卡里姆、洛朗、让－皮埃尔、塞德里克或乔瓦尼，他能引用老子的话（经常），宣扬 Carpe Diem[1]（特别经常），或者会这样宣告：生活万岁！生活真美丽，幸福人生！他总会加很多很多的感叹号。他身高一米八五（同时又

---

[1] 拉丁语，意思是"抓住今天""及时行乐"，出自贺拉斯的《颂歌》。

表示很抱歉提到这个细节，但是大家曾告诉他这个信息很重要），他说自己慷慨，亲切，喜欢运动，离婚，已当父亲，或已婚，在内政部、教育行业、信息行业、社会行业、贸易行业工作。

这样的男人成千上万，他们寻找真爱，他们人数众多，奔放、无趣、热情，声称自己常常去拜罗伊特①的歌剧院。他们就在 Tinder 上。

线下见面，结果总是很失望。我事先就知道，这不可行，但我还是会去。第一次见面时，我希望是自己之前搞错了，我化了妆，精心搭配好衣服，这么做是值得的，你看，你总是认为这很糟糕，你不想去，你错了。

我想到了多丽丝·莱辛《金色笔记》中的女主人公，这个单身女人总是不由自主地把任何同她说话的男人——哪怕他一点都没有魅力——视作她的真命天子。他的下巴上有一道伤口，他应该是赴约之前匆匆忙忙刮的胡子，他散发出一股刺鼻的须后水

---

① 拜罗伊特（Bayreuth），德国城市，会在夏季办歌剧节。

味道，他准备好即刻坠入爱河，他所说的关于自己的一切都是假的。我回到家里，感觉黏糊糊的，他的谎言让我恶心。

　　他的眼睛躲在墨镜后面。我们注视着对方，也许这是个不错的人？他讲他自己，我听着。我试着想象我们在一起的样子。有时，他问我一个问题，我回答。我想呈现真实的自己，被爱着，即使有缺点，有点自私，有点放肆，行色匆匆，野心勃勃，焦虑不安，疲惫不堪。他打断了我的话，然后我听他以这种方式讲述前任，一个蠢货，讲述他现在的女朋友，一段无关紧要的罗曼史。突然，我发现了服务生来点单时他无视他的姿态，米色的围巾上扎人的腈纶，并且关于职业、社会、经济，他会小小地吹嘘一番：我做贸易，这很简单，就像是下棋，我知道这，我知道那，我去圣巴特泰勒米岛①、库尔舍瓦勒②度假，威尼斯的某某酒店，你知道吗？

---

① 圣巴特泰勒米岛（Saint-Barthélemy），加勒比海小安的列斯群岛的岛屿，是法国的海外省。
② 库尔舍瓦勒（Courchevel），又译成高雪维尔，是法国顶级的滑雪场，位于阿尔卑斯山地区。

我在维也纳这座静止的城市待了几天，那里的咖啡馆有一种肉汤和我祖母做的味道很像。在分离派艺术博物馆①，我在古斯塔夫·克里姆特②创作的《欢乐赞歌》前面驻足。一个巨大的男人压在一个女人身上。我看着这个赤裸的男人，如此宽阔的肩膀，富有肌肉的腿，宽大的背，女人细细的手臂搂着他的脖子。这幅画属于《贝多芬横饰带》这一整体创作，是为了向这位音乐家以及他的杰作之一《欢乐颂》致敬。这幅画的副标题是《给全世界的吻》。一

---

① 十九世纪末，一批维也纳艺术家离开了保守的学院派，成立了"维也纳分离派"，他们的口号是"时代的艺术，自由的艺术"。这一博物馆主要展出维也纳分离派艺术家的作品。
② 古斯塔夫·克里姆特（Gustav Klimt，1862—1918），奥地利象征主义画家，维也纳分离派的创立者。

个巨大的男人和一个矮小的女人被笼罩在一片金色的光晕中，他们的身体彼此融合在一起，他们的脸藏在他们的手臂下，他们的脚被蓝色的带子绑在一起。一座拱形建筑把他们同外界隔离开来，并使他们紧紧拥在一起，他们周围是一些男男女女，白色的脸，双眼紧闭，不去窥探他们的亲密，世界上只有他们两个人，我心想爱，我所不了解的爱就是这样，一个肩膀宽阔的巨大男人和一个矮小女人被笼罩在一片金色的光晕中，而我只爱过神经过敏且瘦弱的知识分子。

博物馆的目录这样介绍了这一欢乐赞歌的历史："有一位收藏家得到了这部作品，把它分成七个部分，从墙壁上拆下来，1903年他带着这部作品离开了。1973年，奥地利共和国重新买回了这部珍贵的作品，对其进行修复，1986年对外展出。"

这很好地概述了奥地利政府对其纳粹历史的遗忘。1903年《欢乐赞歌》展出后，克里姆特的一位资助人卡尔·赖宁豪斯买下了这部作品，之后他把它卖给了另一位姓氏为莱德雷尔的画家资助人。1938年，纳粹从莱德雷尔的遗孀塞雷娜·莱德雷尔——

她是犹太人——那里盗走了这部画作。战争结束后，画作归还给了塞雷娜·莱德雷尔的儿子，条件是这幅画不能离开奥地利。埃里克·莱德雷尔一直生活在国外，最终，1973年，他决定把这幅画卖给奥地利政府。

从维也纳回来六个月后，我遇到了加布里埃尔，我明白他就是《欢乐颂》中那个巨大的男人。

晚上，他迅速脱光了衣服，房间的地上是和他的牛仔裤团在一起的内裤和袜子，他赤裸着身体等着我，我也学他的样子，迅速与他缠绕在一起。我借口说自己一直觉得有点冷，而他的身体很热。

我们融化在克里姆特金色的光晕里。

在他房间的地上，加布里埃尔放了一块鲜红色的羊毛地毯，是从杂物堆里捡回来的。厚厚的聚酯羊毛让他的脚步声变得很轻很轻，这样就不会打扰邻居，当我赤脚踩在上面时也觉得很舒服。

在我家，我的房间里，地板上铺着一块基里姆①混色地毯，暗玫瑰红色，杏仁色，偏灰的棕色，暗蓝色。我精心挑选了这块地毯。它会磨脚，也不够厚，不足以消除我的脚步声。

只剩下他这个人，没有任何装饰，唯一重要的就是爱，就这样躺在垫着深红色聚酯羊毛地毯的大床上，我能感觉到他紧贴着我的温热皮肤，他温柔

---

① 基里姆（kilim），一种原产于土耳其的手工平织地毯，有着漂亮的几何图案和符号。

而有力地把我拥入他的怀里，让我可以毫不费力地挣脱开，给我一种既自由又被环抱的感觉。

他是我生命中最幸福的爱，一份持续了九个月的爱，却从三十五年前就开始了。这是一种如此鲜明、如此熟悉的爱，哪怕我们分开了，哪怕他写信反复对我说我们的爱没有意义，我也依然感觉自己在那个红色的房间里，被那双手臂拥抱着，我可以准确描述出它们的宽度、肌肉的密度、肌肤的颜色，感受到他动作的灵巧与从容。

我可以一一细数这份爱情的种种证据，回忆、照片、旅行、鲜花、告白，虽然我深知它们一点都不重要。唯一的真实是我们彼此缠绕的身体，在无意义的喃喃细语中亲吻、紧紧相拥。爱情是一种赤裸的真实。它不在意任何物质存在，任何装饰性的美。

它只有在赤裸的臂膀里才能被体验、被感受。

他为我创作的最后一首歌曲的标题是 *Mano a Mano*[①]，他吟唱着，我的科隆布衣衫不整地从云中跌

[①] 西班牙语，意思是"手牵手""在一起"。

落。事情的确就是这样发生的。

　　一个酷热的夜晚，他告诉我，我们的爱情没有意义，我们无法一起建设任何东西。我们来自两个不同的星球，他一再对我重复。我赤身裸体躺在厨房的地砖上，等待着痛苦消失。

　　三个星期前，他为我创作的歌曲的最后一句话是"若无其事地，在我怀中，我紧紧拥抱你"，有时，哪怕是现在，我仍迷恋这些词语。

　　我们相遇六个月前，我创作了一部短篇小说。一个男人离开了他深爱的女人，躲在她的包里面。他跟着她去每一个地方，但是她对此一无所知。

　　如果他抛弃我，那是因为我的过错，我早已预见了这件事。下次我会注意，我会写一部结局圆满的爱情小说。

我们分手两个月了。我们约在之前我们在一起时经常去的那家意大利餐厅吃晚饭。我们分享了同一份甜品，一份泡沫丰富的萨芭雍①，服务生在倒蛋糊时还让它溢出来流到盘子上。我们第一次在这里吃饭时，我化了眼妆，他不断地和我说他觉得我太漂亮了，我很惊喜他会这么觉得。他用他的手机给我拍了一张照，但是人像很模糊。

　　我化了同样的妆，在头发上喷了他喜欢的那种香水，准备好了关于爱情的简短陈述。

　　他又对我说他之前和我说过的话，我也像之前那样回答了他。

---

① 萨芭雍（sabayon），一种意大利甜品，用鸡蛋混合奶油和甜酒浇在各式水果上。

"我们在一起没有什么未来。我们太不一样了。"

"这正是奇妙的地方。"

就在那时，一个男人在我们的餐桌旁边停下了脚步，提醒我说，我和他曾经是一个学校的，他握住我的手，非常亲密地抚摸它。

"每个男人都爱你。"

"你嫉妒吗？"

"不，正相反，你是时候认识新的人了。"

"我不想认识。那你呢，也许你需要一段激情故事？这是我们之间缺少的东西。"

"我不需要一段激情故事，我爱你爱得发疯。你是否还记得，有一天天还没亮，我翻过你住的楼房的栏杆，只是为了见到你。"

当然，我记得。他不知道大楼的大门密码，又不敢为了问密码吵醒我，所以爬上了把大门和马路隔开来的两米高栏杆，栏杆顶端还带金属尖端，其中一根杆子钩住扯坏了他的外套，还差点刺伤了他。

六个月前，他爱我爱得发狂，但是那种爱已经消失不见。

它在哪里？那种让他在深夜翻过我楼房栅栏的

爱去了哪里?

他回答我说,爱情不是金块,它诞生、存在、变化或者死去。但是,和我们不同,它可以重生。

这顿晚餐后的第二天,我重温了弗朗索瓦·特吕弗的电影《隔壁的女人》①。

电影的叙述者是一个五十多岁的女人,茹夫夫人,她描述了杰拉尔·德帕迪约饰演的贝尔纳和范妮·阿尔丹饰演的玛蒂尔德之间的激情之爱。贝尔纳和玛蒂尔德相爱,之后分手,十年后他们再次相逢,这时贝尔纳已经和一位明媚的年轻女人阿莱特结了婚,他们有一个小男孩,他们彼此相爱且幸福。他们发现隔壁房子被租出去了,觉得很难过,他们再也不能在花园里做爱了。他们的新邻居正是玛蒂尔德,贝尔纳十年前爱过的那个女人。她同一个年纪较大的男人结了婚。和他在一起后,她从与贝尔纳分手后的抑郁时光中恢复了过来。

玛蒂尔德想要再见一见贝尔纳,贝尔纳却一直

①《隔壁的女人》(La Femme d'à Côté, 1981)又译为《隔墙花》。——编者注

避而不见，但他们又偶然相遇了，还拥抱了对方。

对于他们而言，爱情不可能幸福。贝尔纳准备好放下一切与她在一起。他一直爱着她。她责备他暴力且不安定。于是他们又分开了，但是他们的分开和他们的爱情一样，是不可能的。他又变得粗暴起来。她因为抑郁症住院。"既不与你在一起，也不要离开我"，玛蒂尔德不停地重复。

这个故事的叙述者茹夫夫人说，二十年前她也曾因为一个离开她的男人而想要自杀。她从五楼跳了下去，一扇玻璃窗缓冲了她的坠落，从那以后她就变成了一个残疾人。她深爱的那个男人给她拍了一封电报，他希望能再见见她，而她只想逃走。她不希望他看到她衰老、痛苦的样子。"既不与你在一起，也不要离开我。"茹夫夫人重复着。

玛蒂尔德住院期间，贝尔纳试着找回他幸福的生活。他的妻子怀孕了。茹夫夫人鼓励贝尔纳去看望玛蒂尔德，她等的人就是他。

他答应了。

他们做爱，玛蒂尔德杀死了他，然后自杀。大家找到的是他们缠绕在一起的身体。

重温这部我年少时非常喜欢的电影后，我对范妮·阿尔丹扮演的那个人物感到非常愤怒，她毁了自己所爱的人，我对茹夫夫人也感到很愤怒，她不愿意去见她曾经爱过的那个男人，却让贝尔纳走向毁灭和死亡。之后，我得知，在这部电影拍摄两年后，在一起发生在圣日耳曼昂莱隧道入口处的车祸中，扮演贝尔纳的妻子阿莱特这个角色的女演员与她的丈夫被活活烧死。她的名字是米谢勒·鲍姆加特纳，当时年仅三十一岁。

我讨厌"不与你在一起，也不要离开我"这样的话，我讨厌不幸福的爱情，我讨厌茹夫夫人。

那时候，我是在天堂，我很清楚这一点。我看着在那里的自己，看着我们，加布里埃尔和我，我没有一丝怀疑，那里就是天堂。

我问他，他是否同意。

是的，他明确说道，因为他热爱科学，所以他说我们正处于一种完满状态。

一开始，我问他我们可以一起做什么。我们是如此不同，他回答我说，我们可以一起去 Franprix。我们俩住得这么近，我们常常去同一家 Franprix。

我们去那里，但是更多的时候，他会建议我每周六早上去皇家港口林荫大道的市场找他。我妈妈经常去那里买东西，我觉得它就像是她的一个倒影，悲伤又凄凉。

我们挑选大大的芒果，金黄的烤鸡，清脆的淡绿色生菜，野苣，以及他之后会用来给他女儿和我榨汁的橙子，简直像过节，皇家港口林荫大道的市场是一个让人着迷的地方。

他为我跑前跑后，我还没想到，他就已经想到了，我问他，你，你，你，你想要什么？他什么都不想要。

做什么他都可以。

他什么都不想要，如果我坚持，他就会对我说，一架三角钢琴，一个我在晚上能够安安静静地演奏的房间，在一座远离尘世的房子里。我同意了，我很想同他一起去。

我们是截然相反的两个人。我的电话总是响个不停，朋友，晚餐，聚会，酒杯，午餐，故事，回忆，共同的过往。他一开始就告诉我说，每天晚上我都是一个人，两年来没有人邀请过我共用晚餐。这与我相适。既然他什么都接受，我就要求他陪我去我朋友那里，他觉得厌烦。

他建议我真正地去观察正在发生的事，听一听每个人如何都在谈论自己，对别人几乎一点都不感兴趣，看一看他们又如何焦虑、紧张，想要展示自己，想要得到认可，打断着彼此的话语。

于是，我退到一边，听周围的一切。他说得对。

我只喜欢和他在一起，和他在一起我永远都不会觉得厌倦，我永远都不会知道他会把我带到哪里去，他的理由，他的思想，我永远都猜不透。

但是，我无法克制自己，我想展示他，看，他是一个舞神，他比你们所有人都优秀，他棒极了，我一生都在等他，你们都要喜欢他。我强迫他去，说服他很容易，他从来不说不。

他很受伤，这不是他的生活，他再也不想去那些地方。他睡不好，夏初的一个早晨，他很早就醒了，他失去了笑容，回到了自己的家。

三天后，他来我家吃晚饭，天气特别热，他对我说，相爱并不够，我们不能一起建设任何东西，我们没有什么意义。我们相互折磨，我们背道而驰，这让我们清醒，让我们变得敏锐，这很有趣，但是我们不能建设任何东西。

我赤身裸体躺在厨房的地面上，身体呈十字形，我乞求一位我并不信仰的神明，乞求这一切都不是真的，乞求我们之间的一切不会停止，乞求我们不会回到以前的生活。

他曾对我坦白，在遇到你之前，我有点沮丧，我已经甘心去过没有爱情的生活，我也是，我回答他说，我也有点沮丧，我已经甘心去过没有爱情的生活。

他这么高大，我这么矮小，他有三条牛仔裤，五件 T 恤，两件黑色套头毛衫，一件羽绒服，一件大衣，我有三十多双高跟鞋、凉鞋、长靴、短靴，几十条长裙，几十件套头毛衫，但是，当我们拥抱着彼此，双腿缠绕在一起，相互亲吻，我们就成了一个人。

曾经是天堂，但是现在天堂消失了。

从那以后，我再也不敢去皇家港口市场，而他家楼下开了一家家乐福小型超市。

他送过我一副头戴式耳机，既可以听音乐，也可以降低外界的噪音。他之前问我生日想要什么。我告诉他我想要耳钉。他没有找到很好看的。他觉得用来听音乐的头戴式耳机，一副优质的耳机，也与耳朵有关联。

这副耳机对我而言，属于我所不认识的那部分自我，代表了一种聆听，他已经发现我需要培养这方面的能力。这么久以来，我听了很多的音乐，但用的是手机耳机或者质量很普通的音箱。

几年前，我向一位著名的女性小说家提了这样一个问题：你是想经历一段幸福的爱情故事，写一本糟糕的书，还是想经历一段不幸的爱情故事，写一本精彩的书？她毫不犹豫地回答了我，经历一段不幸的爱情故事，然后写一本精彩的书。毫无疑问，我会选择前者。真希望他能回到我身边，书写坏了就随它去。

他为我创作、演奏、吟唱了两首歌曲，纪念我们一起度过的时光。

这两首歌是不是很糟糕，就因为他歌唱的是幸福的爱情？

幸福的爱情是不是与才华不相容？要创作一首歌就需要经历不幸，要触人心弦就需要经历遗憾，要写出一段美妙的吉他旋律就需要经历哭泣。没有什么幸福的爱情。

我们分手三天后，我拿出耳机听美国女歌手玛丽萨·纳德勒的歌，她翻唱了莱昂纳德·科恩的《著名的蓝雨衣》。她的声音仿佛要断开了，几近撕裂，但是，它又一直都在。她唱出了莱昂纳德·科恩的痛苦，"And you treated my woman to a flake of your life"[1]。穿着蓝色雨衣的男人夺走了他的妻子，后来

---

[1] 英文，意思是"你对待我的女人如生命中的一片轻尘"。

又将她抛弃。

而这个男人，其实是他的朋友，他很想念他，他准备好了要原谅他。我又听了玛丽萨·纳德勒的另一首歌，标题是 *We Are Coming Back*[①]。她的声音变得更加温柔，平稳地游走，我欣赏这种美，这其中有一种迷人甚或魅惑的东西。这是一首幸福的歌曲，她的声音颤得没那么厉害。

我曾很确定，在我们相遇之前发生的事，阻碍，痛苦，快乐，教训，离别，狂热，释放，自然而然地将我带到了我们曾在的地方，使我们在一起。我们是彼此命中注定的人。

分手打破了我这种天真的想法，竟以为我们的生活是有意义的，一种合乎逻辑的安排把我带向了他，把他带向了我。

生活不是故事，它没有什么意义，它只是一系列偶然、倒霉与幸运。

我是一个希望掌控一切的女人，我是如此害怕一切不符合我意愿的事情，但是我不再掌控一切，

---

① 英文，意思是"我们回来了"。

从这以后，我变得迷茫，我无法明白我们分手的意义，但是或许根本就没有什么意义？

我不知道要做什么，于是去游泳。这是唯一一件需要我完成一系列逻辑性行动的事，按部就班，找到泳衣、泳帽、泳镜、浴巾，把这些全部塞进一个包里，骑上自行车，往前蹬，找到一个空柜子，脱下衣服，穿上泳衣，套上泳帽，戴上泳镜，这样眼睛就不会进水，慢慢走进水里，连续游十五圈，不用思考，躲在重复带来的安心里。

然后我定了一个要完成的任务，一公里。

一开始，我在水里疯狂往前游，全速向前，直到气都透不过来，只能停下，我忘记了加布里埃尔之前教我的方法。

我仔细思考自己的动作，手臂轻轻伸出水面，绷直的手伸进水里，把水划到身体下方，手指不能分开，我换气，头转向侧边，但依然有一半没在水里，半张着嘴，这样水就不会进入嘴巴里，我埋头吐气，留下一点点，在水下舒展身体，更加用力蹬腿，维持这一时刻。十圈自由泳，但是我无法再多游一圈。

温和的水拍打着我的手臂、腹部、大腿，我觉得很舒服，我舒展着身体，与他同在，在他的世界里。

我常常梦见他。

我们走在山里面，他把我留在一面巨大的冰墙前面，没有他我不敢向前走。雪越积越厚。

醒来时，床很温暖。没有要独自面对的雪崩，于是我打电话给他，给他讲了这个梦，他回答我说，你要明白，我们虽然分手了，但这并不妨碍我们相爱。

我们在同一个房间里。他爱上了另一个女人。

我对他说，这一次，你要永远爱她。他对我说，如果和你一起都做不到，那么和别的人也不可能做到。我坚持己见，你错了，但是我希望他说的是真的。

我闭上眼睛，许多双手臂环抱着我，在几十双不同的手臂中，我认得他的。

他来见我。他俯下身，他是这么高大，我是这么矮小，他亲吻我，他的舌头占领了我们在一起时曾在我的嘴巴里占领的地方。我们紧贴在一起，再一次，融为了一体。

我们并排向前走，虽然我们已经分手了，但我们现在依然还会这样，我停下脚步观察他与我在一起是否感觉舒适，接着他停下脚步，做个手势，让我跟上他，然后紧紧抱住我。

我们见面，我们做爱。

清晨，醒来时，他不在。

我们分开四个月了，我一个人在一家咖啡馆里，旁边的桌子坐着一对夫妇。他们看起来大约八十岁，应该在一起很久很久了。她说起 1991 年他们住过的一间公寓。她说话声音很大，说起她的疲惫，她的癌症，她现在比她做化疗时还要累，她责备他忘记给她买收音机的电池，她每天早上洗澡时都要听它。他忽然站起身，要去旁边还开着的 Franprix 买电池。此时是晚上八点钟。她不断对他说，太蠢了，他不这么糊涂就好了。他离开了，她一个人大声说着话，怎么这么蠢，怎么这么蠢，她重复了好几遍。她的头发很短，花白，脸蛋很漂亮，优雅，目光炯炯有神。他回来了。他个子高，穿着西装外套，打着领带，头顶上有一些头发，满脸微笑。她没有因为电池感谢他，而是又一次责备他的糊涂。之后，他们说到了别的事。她提醒他说，他在国民议会工作的时候，常常碰到一位有名的女记者。他想缓和气氛，哦，我只见过她一次，在药店前面。她坚持己见，不可能，她打过电话给你要采访你。啊，对，你说得对，我不记得了。幸好我在那里，她又说道。

我不再管他们，继续读我的书。

等我听到她大声说话的时候，她又在呵斥他，我不知道这次她又为何恼怒，但她对他说，你真讨厌，讨厌死了，你动不动就发火，别说话了，真让人受不了。他试图为自己辩解，不，根本不是这样，我一直都很友好。他试图用玩笑话打圆场。没什么用。她依然埋怨个不停。

最后他只能转过身去，这样就不必听她说话了。服务生端来了他们点的餐。

他又坐回到她的面前。他们一声不吭地喝咖啡。

我为他感到悲伤。

另一张桌子旁，有个男人在等人，他点了两个人的餐。他的同伴来了，她没打招呼就坐下了。

加布里埃尔简直就是善良的化身，我无法细数我们在一起的九个月里他的细心周到。我觉得很吃惊，试图以他为榜样，但并不总能做到他那样，我会忘记他，在做涉及我们俩的决定前不会问他的意见，还会走得太快，他则会温柔地把我拉住。我知道他很失望。我对他说，我不知道自己有一天能不能做到你这么好。他笑着回答我，站在板凳上①，就可以做到啦。

① 原文前一句话中的短语 à ta hauteur 可以表示和谁一样高，或者和某人能力相当。科隆布说话时取后面的意思，而加布里埃尔回答时则取前面的意思。

我们在一起时，他称呼我：我的爱人，我最
爱的人，the Schnecken①，我亲爱的，我的书本，我
的鸽子②，他总是走在我前面给我开门，抢着帮我拎
沉重的包，夸我漂亮又迷人，在天未亮时爬过我家
楼房的围栏来看我，送给我和我的孩子一台制作法
式三明治的机器，多亏了他，孩子们给我打一百分，
有时他会因为我亲吻他而生出鸡皮疙瘩，他专门为
我创作了几首歌，但是，我知道，幸福的爱情不可
能持续，我看过乔伊丝·梅纳德③写的她的婚姻故事，

---

① 英语，意思是"蜗牛形面包卷"，该单词的拼写是作者姓氏
Schneck 的变形，故不译出。
② 科隆布（Colombe）这个词在法语中有"鸽子"的意思。
③ 乔伊丝·梅纳德（Joyce Maynard，1953—　），美国作家，文中
提及作品是她的回忆录《最好的我们》（*The Best of Us*）。

结局是如此悲惨，我害怕得抽泣。我们那时还在一起，但是我已经在为我们未来的分离而哭泣。

乔伊丝·梅纳德讲述了自己五十八岁那一年，如何在经历了二十年的孤独、一个人的旅行和失望的爱情后，在网络上遇到了吉姆。

一天晚上，在布达佩斯的一个酒店房间里，吃完一顿包含十道菜的晚餐后，他们做了爱。一向话很少，但会拍很多照片的吉姆，拍下了那一时刻，他们的床上方有一面镜子。两个不再年轻的人，酒足饭饱，又做了爱，是如此幸福。我常常想起这张我从未见过的照片。

十二月的一个晚上，我和加布里埃尔做完爱后依然紧紧缠绕在一起，我对他说，我这辈子从未感到如此幸福，他回答我说，那应该要拍照留下这一刻，之后他又说，也没必要拍照，我们会永远记住这一刻。

乔伊丝·梅纳德和吉姆就像我和加布里埃尔一样，非常不同，她走路很快，他则慢条斯理，她习惯不征求任何人的意见就把一切都打理好，他非常黏她，她常常去旅行，很高兴能离开，然后再回来。

他们的爱是一种重复，他们在家里、在餐厅吃晚饭，骑自行车，看望他们长大的孩子。他们之间的关系并不简单。但是他们依然在一起。

所以，故事有点平淡无奇。他们很幸福，这对恋人与世界上其他的恋人别无二致。很快活，并不无聊。没有什么故事发生。

某个早上，吉姆的尿呈深黄色，某个下午，他们一起梦想的未来不复存在。吉姆得了胰腺癌。乔伊丝·梅纳德写道，因为这一疾病，她才知道什么是爱。关于各自的欲望、爱好、习惯，再也没有什么妥协或协商，在剩下的两年时间里，他们一起生活，彼此相爱，分享一切。"我们的心是相同的"，她写道。吉姆死后，她找到一个小本子，他在上面记录了每一个没有一起度过的日子，那些日子她去了别的地方。

他们共同生活的三年里，他记录了一百一十八个她不在身边的日子。

有时，骑车时我会希望自己发生一次严重的事故，陷入昏迷状态，加布里埃尔会跑过来救我，我们可以重新开始，用同一颗心生活下去。

每次他对我说我梦想一种和谐时，其实是在说我并不理解什么是爱，不理解什么时候彼此的心身会变成一种共同的存在。等到这一奇迹发生，就再也没有什么悬念、意志、挣扎，再也没有什么故事。幸福的爱情就是一起经历的日常，清空后的洗衣机，在 Franprix 买东西，在床上放屁，无言的目光，这样的爱情没有被写下来。

我们分开五个月了。我们在街区的市游泳馆偶遇，我走进不得不去的公共淋浴间，他就在那里，在冲澡。他已经游完泳了，而我还没开始。我们迅速打了个招呼。

　　第二天，我又去游泳馆，我正在游自由泳，忽然我看到了他，他正在戴泳帽和泳镜。

　　他仔细看我的自由泳姿势，他对我说我的手肘和前臂伸收还是有问题。我继续往前游，他很认真地看着我。

　　手肘好多了，但是你的手在伸出去很远、正要往下的时候，忽然停住了，然后又抬了起来，手指露出了水面，最后一刻，又收了回去。

　　身体的动作有一种精神性，只要仔细观察一个动作就可以明白某种情感。我就是这么做的，我怒气冲冲地做着动作，我在战斗，在最后一刻，又克制住这种冲劲，我的野心让我局促不安。手必须伸入水里，直接伸进去，很自如地，加布里埃尔向我演示。

接着他问道，你还好吗？我是不是打扰你了？

我笑了，向他做了个手势，指了指浴室，我要走了。

等我从淋浴室走出来时，他出现在了我面前，和我一样穿好衣服，光着脚。

我们共享了一份火腿三明治，站在外面，尽管天气很冷，他没有时间坐下来，我们两个都戴着自行车头盔，穿着黄颜色的马甲，他急着走，我反复告诉他我不希望我们沦为朋友。

他露出很宽容的笑容，对我说，我们知道我们曾经是什么关系，是恋人，也知道现在我们是什么关系，是朋友，至于以后，我们一无所知。

接着他一一查看我新自行车的各种配件，用橡皮筋绑起来的小灯，可以像手机那样充电。我感觉他是在找借口延长这在一起的时刻，我应该是搞错了。

一周后，我打电话给他。我知道永远不要打电话给一个离开你的男人。我所有的朋友都不停地这么告诫我。"永远都不要打电话给一个离开你的男人。"我们讲了两个小时的电话。他想告诉我的是他思考了某件事，却把话说错了，他说的是，我一直都在想你。等我指出他的口误时，他又矢口否认，我从来没有这么说过。

我们分开六个月了，今天晚上他来我家吃晚饭。我要给他做蛤蜊意面，因为他曾对我说，和我在一起最美好的回忆之一就是我们一起吃过的这道菜。当时我刚刚参加完一场葬礼，他正要去看他女儿打排球赛。我临时改变了食谱，加了番茄、洋葱、罗勒。当时我还问他为什么会爱我，他对我说，因为我觉得你很漂亮、很迷人，因为我喜欢和你做爱，因为你给我做了好吃的。就这么简单。

　　这一次，我花了心思，重新找到了一个正宗的食谱，仔细看过后，严格按照这个食谱做，不加番茄，不加洋葱。一点点橄榄油里放入半片蒜头，一个红辣椒，半杯白葡萄酒。

　　我等他过来。我不知道会发生什么事。我不知道他是否会来，我不知道他几点过来，他是否会从背包里拿出一些花，他是否会说，是我呀，就像以前他有钥匙时不按门铃就进来了那样，我不知道我们是否会做爱，他到了之后是否会亲吻我的脸颊，就像那之后一直做的那样，而我每次都会吓一跳，因为我没办法习惯。我总是觉得害怕。

我们最后一次在这个厨房吃饭时，天气特别热，当时我对之后的一切还一无所知，我以为我们是要相伴一生的，然后他告诉我我们的故事没有意义。

那是六个月以前的事了。

他没有什么变化，穿着白天工作时穿的蓝色 T 恤，骑自行车穿过城市，头发乱糟糟。他很英俊。他给我带了一张明信片，上面画着一艘帆船。

他问我身边的男人怎样，那些追求我的男人，那些让我喜欢的男人。我什么都不想和他说，最后我提到了一位小提琴家。他假装拿着一把小提琴放在下巴下方，脸上露出一种厌恶的表情。

我们一起吃蛤蜊意面，最后我终于向他坦白，我总是情不自禁地想从我们在游泳池的会面中读出一些信号。我们一直都爱着对方。

他不同意，你在想象一些不再存在的羁绊。他又说，任何与我们相关的期望都是无意义的。你一直追逐着这些幻象，是想得到什么？

我勃然大怒，我大喊，滚，我不想再见到你。

然后我低下头，这样就看不到他离开。

爱情是一个野蛮人的国度。

一个月后，我受邀去我所在街区的 Fnac[①] 参加一本书的读者见面会。

他也来了，藏在侧边的人群里，见面会还没结束他就离开了。

不过也许是我把另一个人错当成了他？

我情不自禁地想起我们一起度过的时刻，就像是在它们慢慢发生时，我写下了一个个故事，构成了一个系列。我想要在我们的故事中发现一种传奇性的神话，我可以根据想要的版本修改它，忽视与期待的意义不相符的内容，通过删减与我相关的悲

---

① 法国主流电子产品零售品牌。

怆细节进行粉饰，赋予我们从未扮演过的角色。我忘记了我们是两个人，而他已不在这里。

现实的残酷在于一切都没有解释。

然而，这部作品唯一的作用就是找到一个可接受的结论，用只存在于我梦中的东西来安慰自己。

我们分开已经一年了，每周我游泳三次。

为了不和他碰面，我换了游泳馆。

我尝试了巴黎每个街区的游泳馆，然后是南特、勒阿弗尔、波尔多、马赛、雷恩的游泳馆。

我可以建一个游泳馆手册。

三十年代的游泳馆有高高的、破破烂烂的彩绘玻璃窗，八十年代的游泳馆有圆形的淋浴间，二十一世纪的游泳馆有游轮把大家载到遥远的地方去。泳池的长度，如果是五十米长，那就是在大海里，如果不足二十五米，那就是在池子里。单人更衣室，很奢华，可以把个人物品放在里面，集体更衣室，则必须把物品收在一个塑料收纳袋里，冬天的时候，衣物都团在一起，皱皱巴巴。

冲澡的时候，游泳的人相互窥视，热水打在肩膀上。

水温如果为二十七度，要游一个来回才能适应水温，如果是二十八度，那么稍微游个几米就能适应。

我上游泳课。我喜欢上课。范妮和奥雷莉教我怎么舒展身体，怎么减少无用的动作，必要的时候怎么更有力。

我轻轻地弯曲手，伸进水里，这样它就可以劈开水面，支撑我更好地浮在水面上，让推力把我带向前方。

我再次出发，我的手毫不费力地伸得笔直，伸得很远，我向前游，用力把手收回身边，我轻轻地把脚踢出去，向前游，游了十五圈，简直轻而易举。

不在水里的时候，无论是冬天凛冽的空气，还是夏天闷热的空气，都让我想到去年我们在一起的时候。

在自由泳的时候，肩膀要向前推，手臂尽可能往前伸直，手要放松——重要的是，如果动作没有什么用，不要使用任何力量；当手臂露出水面，它不是让你向前，它是在休息，恢复力气进入水中再动起来，等它带着身体向前——我学会了放松。

一天，我更进一步。

在某个确切的时刻，我的双腿轻轻地蹬了一下，我感觉到我的身体获得了某种解放，我又蹬了一下，又一下，我在水里吐气，节奏均匀，几乎不需要再换气，我变成了两栖动物，我的手伸进水里，四次，五次，六次，七次，八次，九次，面对着蓝色的池底，不需要从里面出来，空气不再有什么用，没什么能把我留在陆地上。我住在我的身体里，完完全全，没有什么东西压迫我，我体验着一种自由，新的自由，身体的自由，一种愉悦，一种唯我主导的感官之乐，只需要与我的肌肤温度一样的水流，只需要和它融为一体，就能把失重的我带向一个毫无束缚的世界。

当我说起加布里埃尔，说起我的期待，我的朋友们总是很友善地建议我顺其自然，即所谓的 let it go①，我做不到，生活是一场战斗，而在那里，在那流动的温柔中，我只需要稍稍动一动我的大腿，轻轻把我的手臂伸向空中，我就可以抵达另一个岸，被带入它无边无际的水中。

---

① 英文，意思是"随它去、别管它了、放手"。

终于，我感觉到了。恐惧消失了。

我不再害怕加布里埃尔死去（因为他活着），不再害怕他生病（因为他很健康），不再害怕他离开（因为他已经离开了我），不再害怕他不爱我（因为他已经不再爱我），不再害怕再也不会爱上谁（因为在爱上他之前，我并不知道自己会爱上他），我不再害怕我的孩子们会消失不见，我不再害怕会被扔进垃圾桶，我不再害怕别人会觉得我无能、不够亲切，我不再害怕脑子里长肿瘤，我不再害怕错过火车，我不再害怕对未来一无所知，我不再害怕自己会不在场，我就在那里。

我不再害怕别人的爱会逃离，因为它总是在逃离。

游泳教会了我不确定性。

就这样，爱情又回来了。

图书在版编目（CIP）数据

自由泳的温柔 / （法）科隆布・施内克著 ；樊艳梅
译. -- 海口 ：南海出版公司，2025. 3. -- ISBN 978-7-
5735-0790-7

Ⅰ. I565.45

中国国家版本馆CIP数据核字第2025DT6500号

自由泳的温柔

〔法〕科隆布・施内克　著

樊艳梅　译

出　　版	南海出版公司　（0898）66568511	
	海口市海秀中路51号星华大厦五楼　邮编 570206	
发　　行	新经典发行有限公司	
	电话(010)68423599　邮箱 editor@readinglife.com	
经　　销	新华书店	

责任编辑　侯明明
特邀编辑　肖思棋　虞欣旸　白　雪
营销编辑　林雨桐　王书传　刘治禹
装帧设计　ablackcat.io
内文制作　田小波

印　　刷	河北鹏润印刷有限公司	
开　　本	787毫米×1092毫米　1/32	
印　　张	9.5	
字　　数	134千	
版　　次	2025年3月第1版	
印　　次	2025年3月第1次印刷	
书　　号	ISBN 978-7-5735-0790-7	
定　　价	49.00元	

著作权合同登记号　图字：30—2024—214